O Filho de Machado de Assis

Luiz Vilela

O Filho de Machado de Assis

NOVELA

1ª edição

EDITORA RECORD
RIO DE JANEIRO • SÃO PAULO
2016

CIP-BRASIL. CATALOGAÇÃO NA PUBLICAÇÃO
SINDICATO NACIONAL DOS EDITORES DE LIVROS, RJ

V755f
Vilela, Luiz
 O filho de Machado de Assis / Luiz Vilela. – 1ª ed. –
Rio de Janeiro: Record, 2016.

ISBN 978-85-01-07886-5

1. Novela brasileira. I. Título.

16-34399

CDD: 869.3
CDU: 821.134.3(81)-3

Copyright © Luiz Vilela, 2016

Todos os direitos reservados. Proibida a reprodução, armazenamento ou transmissão de partes deste livro, através de quaisquer meios, sem prévia autorização por escrito.

Texto revisado segundo o novo Acordo Ortográfico da Língua Portuguesa.

Direitos exclusivos desta edição reservados pela
EDITORA RECORD LTDA.
Rua Argentina, 171 – Rio de Janeiro, RJ – 20921-380 – Tel.: (21) 2585-2000.

Impresso no Brasil

ISBN 978-85-01-07886-5

Seja um leitor preferencial Record.
Cadastre-se e receba informações sobre nossos lançamentos e nossas promoções.

EDITORA AFILIADA

Atendimento e venda direta ao leitor:
mdireto@record.com.br ou (21) 2585-2002.

Naquela manhã, uma bela manhã de sábado, eu preparava-me para ir à praia, onde me encontraria com a minha namorada, quando o telefone tocou.

Era o Professor Simão.

"Mac, você já levantou?"

"Já, professor, já estou de pé."

Mac, não preciso dizer, Mac sou eu. Mac para os íntimos. Para os não íntimos, Telêmaco. Mineiro, 22 anos, formado em Letras. Algo mais?

"Preciso muito falar com você", disse o professor.

"O que houve?", eu perguntei. "O senhor foi assaltado?"

"Não, por enquanto não."

"É alguma doença?"

"Não, não", ele disse, com uma certa impaciência.

O professor, além da idade, tinha sérios problemas circulatórios, e foi um pouco nisso que eu pensei àquela hora. Mas ele disse que não, nem assalto, nem doença — "nenhuma dessas irrelevâncias", como explicou.

"O que eu tenho a lhe dizer é uma coisa importantíssima!"

Olhei para a minha sacola de praia no chão, já sabendo que o meu programa dançara.

"O senhor não poderia me dizer por telefone?", tentei ainda.

"Não, não", ele respondeu. "Nem pensar. Se até as paredes têm ouvidos, que dirá o fio de telefone. Ainda mais hoje, quando todo mundo bisbilhota a vida de todo mundo, e acha isso normal — e acha isso normal."

Bisbilhotar — uma palavra engraçada, eu pensei. Qual seria a origem dela?

"O que eu tenho a lhe dizer", continuou o professor, "o que eu tenho a lhe dizer é tão importante quanto um segredo de Estado."

O que seria?, pensei, intrigado. Fosse o que fosse, eu vi que eu não tinha escapatória: eu tinha mesmo de ir à casa do professor. Era um sacrifício não ir à praia — mas o que eu não fazia por aquele velho maluco?

E depois, diabo, havia ainda o resto do dia, eu podia ir à praia à tarde. E se não desse, havia os outros dias do feriadão. O Natal caía na terça; tínhamos, portanto, com o sábado, quatro dias. Ulalá!...

"Está bem, professor", eu disse, meio contrariado, mas sem deixar que ele o percebesse. "Daqui a pouco eu chego aí; uns vinte minutos talvez, dependendo do trânsito."

"O trânsito hoje é tranquilo", ele disse, taxativo.

"Tomara que sim", eu disse.

"Estou te esperando", ele encerrou, sem mais conversa.

Troquei a camiseta por uma camisa, o calção por uma bermuda, as havaianas por um tênis, e empurrei para um lado a sacola.

E aí... Aí a parte mais difícil da história: falar com a minha namorada, Luana.

Eu teclei — e respirei fundo:

"Bem, eu não vou poder ir à praia..."

"Por quê?"

"O Professor Simão, sabe? Ele me ligou: ele está precisando de mim lá."

"E eu?"

"Você o quê?"

"Eu não estou precisando?"

"Precisando de quê?"

"De você, poxa!"

Eu às vezes sou meio desligado; depois é que eu percebo.

"Pode estar, bem", eu disse, calmamente, "mas não como o professor."

"Como que você sabe?"

"Não é que eu sei; é que..."

"É que o quê?"

"A gente pode ir à praia à tarde", eu sugeri.

"À tarde, não."

"Por quê?"

"Porque eu não gosto de ir à praia à tarde, Mac; você sabe disso."

"Então vá agora, uai; você não ia?"

"Ia, mas com você; não foi isso o que nós combinamos?"

"Foi, bem, foi isso; mas o professor..."

"Quem é mais importante? Eu ou o professor?"

"Os dois são importantes."

"Não, responde: quem é mais importante?"

Ô menina complicada... Não fosse ela tão bonita, eu já... Mas deixa isso pra lá...

Bom: eu acabei convencendo-a a irmos à praia à tarde.

Agora, depois daqueles minutos ao telefone, era andar rápido e sair para a casa do professor.

O professor morava em Santa Teresa, num sobradinho. Solteirão, ele ficava sozinho, mas tinha uma empregada, que ia lá duas vezes por semana, às terças e aos sábados, e fazia todo o serviço.

Foi ela, Maria — que me conhecia de outras vezes —, quem me abriu a porta.

"O que houve com o professor?", ela me perguntou, preocupada.

"Não sei", eu disse, "mas acho que já saberei."

"Ele está muito agitado", ela disse. "Eu nunca vi ele assim."

O professor estava em seu escritório, a vasta cabeleira branca toda desgrenhada.

"O final do *Brás Cubas*", me disse ele, mal me cumprimentando e apontando o dedo para mim como se fosse um revólver e ele estivesse dizendo: "A bolsa ou a vida."

Eu, meio aparvalhado — boa palavra essa —, eu só olhei para ele.

"O final do *Brás Cubas*", ele tornou a dizer, mais alto. "Você não sabe?"

"Sei, professor", respondi, meio zangado, "claro que eu sei."

"Pois então diga!"

Eu disse:

"'Não tive filhos, não transmiti a nenhuma criatura o legado da nossa miséria.'"

"Mentira!", disse o professor.

"Mentira?", eu perguntei, sem entender.

"Mentira", ele repetiu. "Mentira deslavada!"

Eu me calei. Calei e fiquei olhando-o: será que o professor tinha pirado?

"Senta", ele disse, baixando o tom e me indicando a antiga cadeira de braços, na qual eu sempre me sentava.

"Te liguei várias vezes ontem, à noite", ele disse, chateado.

"Eu estava no bar, com alguns amigos, professor."

"Liguei para o celular também."

"Meu celular estava desligado."

"Então para que serve essa porcaria?"

Eu não respondi.

Francamente: tinha hora que eu tinha vontade de mandar o professor àquilo...

"Perdão, Mac", ele disse de repente, pondo a mão na minha cabeça, num gesto de afeição; "perdão, rapaz..."

"Não foi nada", eu disse.

"Eu estou meio passado", ele se justificou; "posso dizer que não dormi nada essa noite; quando muito, umas duas horas."

"É?...", eu me admirei.

"Te ligar essa hora... Eu sei que sábado, de manhã, você gosta de ir à praia..."

"Não, mas hoje eu não estava a fim, não", menti descaradamente, para deixá-lo à vontade.

"Desculpe", ele disse, "me desculpe..."

Eu fiz um gesto de não-tem-nada-não.

Ele então, já mais tranquilo, sentou-se à sua mesa.

"Mas então, professor", eu perguntei, "o que afinal aconteceu?..."

"O que aconteceu, meu caro", ele disse, "o que aconteceu foi algo de importante demais para que eu pudesse guardar só para mim. Eu precisava partilhar isso com alguém — e com quem mais poderia eu fazê-lo se não fosse com você, que é de minha estrita confiança?"

"Obrigado, professor", eu disse, lisonjeado, "muito obrigado pela consideração."

"Mas é verdade", ele disse.

"Eu, de qualquer forma, não poderia deixar de vir aqui", eu disse. "Eu sou muito grato ao senhor por tudo o que o senhor fez por mim."

"Você é", ele disse, "mas poucos são. Gratidão é uma coisa muito rara, muito mesmo..."

Eu sacudi a cabeça, concordando.

"Você conhece a passagem dos *Evangelhos*..."

"Qual, professor?", eu perguntei.

"A dos cegos, a dos dez cegos que Cristo curou."

"Sei", eu disse.

"Conhece?"

"Conheço", eu disse.

Eu não sabia é se lá na *Bíblia* ainda estaria assim ou se já teriam mudado para "dez deficientes visuais"...

"Pois é: dos dez cegos, só um voltou para agradecer."

Eu sacudi a cabeça.

"Eu", ele disse, "eu não curei nenhum cego, mas acho que, como professor, eu fiz bem a algumas pessoas. Poderia talvez dizer que curei a cegueira mental delas."

"É verdade", eu disse.

"Mas, dessas pessoas, quantas voltaram para me agradecer?..."

"É...", eu disse.

"Agora", ele continuou, "algumas voltaram, mas voltaram não para me agradecer: voltaram para me jogar pedra."

Eu sacudi a cabeça.

"Cristo teve mais sorte; pelo menos nenhum cego voltou para jogar pedra nele."

Mas também, pensei, se voltasse e fosse jogar, decerto não ia acertar uma, né?

Isso, claro, eu só pensei; imagine se eu o dissesse... O professor me expulsaria a pontapés...

"Bem", ele disse, tirando os óculos e pondo-os na mesa: "você já ouviu falar em 'atirou no que viu e acertou no que não viu'..."

"Já", eu disse.

"Pois então; foi isso, foi exatamente isso o que aconteceu comigo."

"Hum."

"Estava eu fazendo uma pesquisa para um trabalho — o trabalho não vem ao caso, é de somenos —, estava eu lá, na Biblioteca Nacional, mergulhado naquela papelada antiga, quando de repente, numa passagem de..."

"De...", eu repeti, esperando.

Ele deu um sorriso, um sorriso meio maroto.

"Me desculpe, meu caro; apesar de toda a minha confiança em você, confiança que ainda há pouco acabei de reiterar, eu não vou dar todos os detalhes do que eu quero lhe contar. Para lembrar outra expressão popular, eu vou contar o milagre; o santo fica para depois..."

"Está bem, professor, não se preocupe; eu saberei esperar pelo santo..."

"É que... Bom, disso depois falaremos..."

Ele se acomodou melhor em sua cadeira.

"Mas, como eu disse, estava eu..."

"Mergulhado naquela papelada antiga..."

"Isso. Estava eu lá assim, quando, numa passagem, numa pequena passagem, eu descubro que..."

"Que..."

"Que o nosso Joaquim Maria teve um Joaquinzinho."

"Joaquinzinho?...", eu perguntei.

"Um filho."

"Um filho? Machado?"

"Sim, senhor: Machado de Assis."

"Mesmo, professor?"

"Mesmo; mesmíssimo."

"Não é aquela história dele com a mulher do José de Alencar..."

"Não, não; aquilo é fofoca, isso aqui é real, é fato."

"Caraca!..."

"É espantoso, não é?"

"Espantosíssimo!"

"Eu não acreditei, sabe, eu não acreditei no que os meus olhos viam, ou, mais precisamente, liam. Tornei a ler uma, duas, três vezes, e..."

"Mas quem disse isso?", eu perguntei. "Em que publicação?"

"Bem", ele respondeu, "como eu já lhe disse, e você vai me perdoar, eu não posso, por ora, lhe contar tudo. Não que eu duvide de você; de forma alguma. Mas é uma coisa tão importante, uma descoberta tão fulminante, que eu só posso vir a anunciá-la de público quando eu tiver em mãos outros dados, dados que eu ainda não tenho, mas que eu espero ter."

"Mas então o senhor não tem certeza ainda", eu disse.

"Certezíssima, meu caro, certezíssima. Eu só não tenho ainda, como disse, todos os dados, mas espero tê-los nos próximos dias, ou, quem sabe, nas próximas semanas, já que a Biblioteca estará fechada agora, nos feriados, e só abre na quarta-feira."

"Mas isso é fantástico, professor", eu disse.

"Fantástico? Bota fanta e ástico nisso, meu filho; bota fanta e ástico. É uma descoberta simplesmente monumental. Ou, para usar uma palavra mais adequada: uma descoberta transcendental."

"Puxa...", eu disse.

"Foi uma coisa tão forte que... Veja só: eu já estava lá na rua, esperando por um táxi, e tão impressionado com aquilo eu ficara, que eu pensei: mas será que eu li isso mesmo? Ou terá sido um momentâneo delírio mental? Um velho, né, você sabe — eu com os meus oitenta anos... —, um velho está sujeito a essas coisas."

"Hum."

"Mas aí sabe o que eu fiz?"

"O que o senhor fez?"

"Eu voltei à Biblioteca, voltei lá com a desculpa de que eu teria deixado lá o meu guarda-chuva, quando eu nem com guarda-chuva estava...", e ele deu uma risadinha.

Eu também ri.

"Mas... Sabe como é: eles lá, na Biblioteca, me acham meio doido, e até chacota já fizeram comigo."

"É, professor?", eu perguntei, indignado.

"É, já fizeram; mas eu não ligo."

"Isso é um absurdo", eu disse.

"Não, não é; velho só serve mesmo para fazer chacota."

"Eu não concordo."

"E digo mais: eu mesmo já fiz várias comigo; algumas, bem piores do que as que os outros fizeram..."

"Não acho isso certo", eu disse.

Ele fez um gesto de deixa-pra-lá.

"Mas, bom", ele continuou, "eu voltei à Biblioteca, ao salão de leitura, e busquei lá a tal publicação — livro, revista ou jornal...", e ele riu.

Eu também ri.

"Eu digo assim para você não saber em que publicação foi, para despistar..."

"Eu estou vendo..."

"Imagine se eu te conto tudo: aí você vai lá e depois diz aos quatro cantos do mundo que foi você quem descobriu..."

"Sabe que eu estava mesmo pensando em fazer isso?..."

Ele riu.

"Bem: busquei novamente a publicação e vi que não era delírio, não era alucinação. E aí voltei para a rua e vim embora para casa."

"Hum."

"Cheguei aqui e, excitadíssimo como estava com a minha descoberta, liguei para você — e nada do seu maldito telefone atender. Aí liguei para o celular e..."

"É como eu disse ao senhor..."

"Eu sei, eu sei; é que eu estava agitado demais e... Mais uma vez te peço desculpas, Mac..."

"Fique tranquilo, professor..."

"Bem", disse o professor, "agora imagine, imagine, se tudo se comprovar — como eu espero que se comprove —, o impacto que terá isso em nossas letras, e, em especial, no universo machadiano."

"Não dá nem para imaginar", eu disse.

"E a coincidência, a incrível coincidência: acontecer isso logo às vésperas do centenário do homem!"

"Realmente", eu disse.

"Isso vai cair como uma bomba."

"Uma bomba", eu repeti.

"O que eles vão dizer? Como eles vão reagir?"

"É...", eu disse.

"E o mundo editorial?", continuou o professor, inflamado. "Estudos, biografias, dicionários, livros didáticos..."

"É mesmo, hem?"

"O mundo acadêmico: gente que escreveu livros inteiros explicando a obra do Bruxo pela ausência de filhos... E agora, com que cara eles vão ficar?"

"Já pensou?"

"Até no exterior."

"Claro", eu disse, "até no exterior."

"Eu mesmo...", disse o professor, e deu uma parada.

"O que é, professor?", eu perguntei.

"Olha, Mac", e ele se mexeu na cadeira, "eu vou te contar uma coisa que eu nunca contei a ninguém."

"É?", eu disse.

"Você vai se admirar, mas é a pura verdade."

"O que é, professor?"

"Eu li esse final do *Brás Cubas* quando eu era jovem. Eu li na escola. Eu fiquei tão impressionado que eu vivia dizendo-o aonde quer que eu fosse."

"Sei..."

"E a influência dele em mim foi tão forte, tão forte que, se eu não tive filhos, foi em grande parte por causa dele — você acredita?..."

"Acredito", eu disse, "claro."

"Pois é... A força das palavras... Eu fico impressionado... A força que as palavras têm..."

A força das palavras...

Lembrei-me àquela hora do Padre Ludovico.

Padre Ludovico foi meu professor de português no colégio. Ótimo professor, exímio latinista — um cara legal.

Quando eu soube, por um ex-colega, que ele não andava bem de saúde, quis ir logo visitá-lo, o que fiz na primeira oportunidade, viajando a Belo Horizonte.

Padre Ludovico havia se afastado de suas funções sacerdotais — e, antes, já de suas atividades magisteriais — e morava numa casa humilde, nos arredores da capital, na companhia de uma sobrinha.

Recebeu-me com alegria, de camisa esporte, e, para surpresa minha, pareceu-me muito bem: forte, corado, falante.

Onde ficava, então, aquela história de doença? Só podia ser um equívoco, eu pensei. E mais: se o Padre Ludovico estava tão bem assim, eu, com toda a sinceridade, e afeição à parte, não precisaria ter feito aquela visita, ter feito aquela viagem, que me custara tempo e dinheiro.

"O senhor está muito bem", eu disse, já de pé, a pouco de me despedir.

"Estou", ele confirmou, "eu estou bem."

"Fico muito feliz", eu disse.

"Obrigado", ele disse.

"Fico muito feliz por vê-lo assim."

"Muito obrigado."

"O senhor..."

"Meu único problema", ele disse, me interrompendo, "meu único problema é o trem."

"Trem?", eu perguntei.

"O trem de ferro."

"A linha passa aqui perto?", eu perguntei, imaginando logo aquele característico barulho dos trens em movimento, o tanto que aquilo devia incomodar...

Mas ele respondeu que não: não havia nenhuma linha de trem ali.

"Não é lá fora", ele disse.

Eu sacudi a cabeça, sem entender.

"Não é lá fora", ele tornou a dizer. "Se fosse lá fora, seria fácil, tudo já estaria resolvido."

Aproximou-se então mais de mim:

"É aqui", ele disse, batendo o indicador na cabeça.

Eu olhei para onde ele batera, mas nada vi, a não ser os seus cabelos, já ralos, e aquela verruga vermelha dos tempos do colégio.

"O problema está aqui", ele disse.

"É alguma dor de cabeça?", eu perguntei.

"Pior", ele respondeu, "muito pior que uma dor de cabeça."

"O senhor não está com algum tumor...", eu disse, receoso.

"É pior até do que um tumor", ele disse. "Tumor, a gente extrai e sobrevive, ou dele morre, indo parar mais cedo nos braços do Senhor."

Eu sacudi a cabeça.

"Mas isso aqui", ele prosseguiu, "isso aqui não tem como extrair, nem mata: é um tormento, um tormento contínuo, enlouquecedor."

"Sei", eu disse, sem saber ainda qual era afinal o problema do Padre Ludovico, mas já começando a entender por que meu ex-colega havia dito que ele não estava bem de saúde.

"Enlouquecedor", ele repetiu.

"Mas qual é o problema, professor?", eu perguntei.

Eu ainda o chamava assim, de professor, embora ele já não o fosse, nem meu, nem, àquela altura, de mais ninguém, afastado que estava, como já contei, de suas atividades magisteriais.

"O problema", ele respondeu, "o problema, como eu disse, é o trem de ferro."

"O trem de ferro", eu repeti, convicto já de que o Padre Ludovico não estava mesmo em suas melhores condições de saúde.

"Começa assim", ele disse, me explicando, "começa assim, devagarzinho: *fero-fers-ferre*..."

"Sei", eu disse.

"É um trem de ferro, entende? Um trem de ferro de palavras girando em círculo dentro da minha cabeça..."

"Sei", eu disse.

"Começa devagarzinho; no começo o ritmo é lento. Depois vai aumentando, vai acelerando, *fero-fers-ferre, fero-fers-ferre, fero-fers-ferre, fero-fers--ferre* — até minha cabeça quase explodir, até me deixar louco!"

Eu não disse nada.

Depois, educadamente, perguntei:

"O senhor já procurou algum médico?"

"Já, já procurei; ninguém dá jeito nisso: nem médico, nem todos os anjos e santos do céu, que Deus me perdoe."

"É...", eu disse, para dizer alguma coisa.

"Só há uma esperança", ele disse.

A morte, eu pensei.

"É que o trem um dia acelere tanto que aí saia dos trilhos e despenque, cessando tudo. Essa é a minha única esperança."

Eu sacudi a cabeça.

Então sorri, do modo mais descontraído que me foi possível, e, fazendo, entre mineiros, um trocadilho que me pareceu bem a propósito, eu disse:

"Tomara que esse trem acabe logo..."

Ele riu, um riso alegre, o que me deixou também alegre — e foi assim que terminou aquela visita.

A última notícia que eu tive do Padre Ludovico é que ele está, há algum tempo, internado numa clínica para doentes mentais. Não diz nada, não conversa com ninguém; quando muito, faz algum gesto.

Terá o trem de ferro finalmente saído dos trilhos e despencado? Nem responder a isso ele talvez possa mais...

"Mas foi isso", disse o professor, "foi isso que eu te contei."

"Achei muito interessante", eu disse.

"Pois é..."

"Mas escuta, professor", eu disse, "e a pulada de cerca, quando foi?"

"Pulada de cerca?..."

"Do Joaquim", eu disse.

"Não, não houve pulada de cerca: pela data que eu vi, o filho foi anterior ao casamento com a Carolina, lá pelos vinte e sete anos."

"Ah", eu disse.

"O Machado já havia publicado o primeiro livro, o *Crisálidas*."

"Sei..."

"Foi, digamos assim, como aliás antigamente se dizia, uma aventura da mocidade."

"Não poderia ser um homônimo?", eu perguntei.
"Quem?"
"O tal do Machado."
"Não, não, o sujeito lá não deixa a menor dúvida sobre de quem se trata. Diz ele lá que..."
O professor parou e deu uma risadinha:
"Bom, o que ele disse fica para outra ocasião, não é mesmo?..."
"Ê, professor..."
"O importante", ele continuou, "o importante é que não há a menor dúvida de que é o Machado — Machado de Assis, o escritor."
"E o menino?", eu perguntei.
"Que menino?"
"O filho."
"O que tem ele?"
"O nome dele; o sujeito lá diz?"
"Não, o nome não; o nome ele não diz. A única coisa que ele diz é que..."
O professor parou de novo.
"Ê, mas o senhor está esperto, hem?..."
"Ah, meu jovem, com este tesouro nas mãos... Eu tenho mais é que ficar esperto, não é, não?"
"Claro", eu disse.
"Você não ficaria?"
"Ficaria."
"Pois então?"
"O senhor está certo; certíssimo."

"Mas", ele disse, "voltando à sua pergunta, o nome do menino: o nome eu não sei, e só com muita sorte chegarei a saber. Mas isso, pelo menos, eu já sei: que era homem, um Joaquinzinho, um Quinquinha..."

"Hum..."

"Agora... Ah, outra bomba: o moleque era negro."

"Afrodescendente, professor..."

"Negro, negro da cor de azeviche. Você sabe o que é azeviche?"

"Sei", respondi.

"Pois é. Negro da cor de azeviche. E esse — se não estou errado em minhas análises —, esse foi o principal motivo de ter o Machado ocultado, quem sabe até renegado por toda a vida, o filho."

"Não sei", eu disse; "o Machado..."

"O Machado o quê? Está pensando que o Machado era santo?"

"Não, não é isso", eu disse.

"Ninguém é santo, meu caro."

"Eu sei."

"Ninguém é santo. Santidade é uma invenção da Igreja."

"Eu sei."

"Nem os santos foram tão santos quanto a gente pensa."

Eu sacudi a cabeça.

"De qualquer forma", ele prosseguiu, "de qualquer forma, isso que eu disse é uma hipótese, entendeu?"

"Entendi", eu disse.

"É uma hipótese."

"Eu entendi."

"Agora, há uma outra, uma outra hipótese, e essa é mais forte ainda."

"Qual, professor?"

"A Carolina."

"A Carolina?", eu perguntei.

"Será que se o Machado, no começo do namoro dos dois, apresentasse a ela o filho — já não digo por este ser preto, mas simplesmente por ele ser um filho —, o namoro teria ido adiante e eles teriam se casado e tido a relação feliz que, pelo que se sabe, eles tiveram?"

"É...", eu disse.

"Será?..."

"Não sei...", eu disse.

"Lembremo-nos de que Machado já não era bem-visto pela família de Carolina pelo simples fato de ser mestiço."

"Mestiço, não, professor: racialmente miscigenado..."

"Enfim: como diria o próprio Machado, são questões, prenhes de questões, que nos levariam longe..."

"Bom", eu disse, "mudando o foco: e a mãe?"
"Mãe?"
"Se o menino teve pai, suponho que ele tenha tido mãe também, né?"
"Supõe..."
"*I presume*, como diria o Stanley."
"A mãe; pois é... Soubesse eu a mãe, tudo se tornaria mais fácil de rastrear. Mas também, como na questão do nome do filho, não é algo impossível de eu descobrir."
"Espero que o senhor descubra", eu disse.
"Um pesquisador que pensa: 'Ah, isso eu nunca vou descobrir' — um pesquisador que pensa assim estaria dando um tiro no pé."
"É verdade", eu disse.
"Melhor faria ele se mudasse de profissão."

"É mesmo", eu concordei.

"Pois eu te digo: eu vou descobrir tudo, nem que eu tenha de passar o resto dos meus dias fazendo isso."

"Bravo, professor!"

"Ou então, nem que seja para no final, alquebrado, cego e caquético, confessar: 'Senhoras e senhores, venho de público lhes dizer que lamento muito, mas, apesar de todos os meus esforços, não consegui chegar aonde eu pretendia e esperava chegar. Quem sabe poderão outros, mais novos do que eu e com toda a vida pela frente, reencetar essa caminhada, que certamente trará novas luzes sobre a vida e a obra de um dos nossos maiores escritores?'"

"Do maior, professor."

"Maior?"

Ele parou e me olhou sério:

"Maior por quê?", perguntou.

"Bom, porque..."

"Você tem lá alguma régua de medir escritor?"

"Não", eu disse, "régua eu não tenho."

"Tem?"

"Não, régua não..."

Ele se recostou novamente na cadeira.

"Será que já não é tempo de pararmos com essa machadolatria?", ele disse.

"Machadolatria...", eu repeti.

"Toda idolatria é nefasta. Essa não o é menos."

Eu me calei.

"Mas eu estava dizendo... Agora me esqueci..."

"A pesquisa", eu lembrei, "reencetar a caminhada, os mais novos..."

"Ah, sim, foi isso, foi isso que eu estava dizendo. Pois é: e quem sabe, quem sabe você mesmo não será um desses novos?"

"*Why not?*", eu respondi.

"Por que não?", ele disse.

"Por que não?", eu repeti.

Mas pensei: trocar o sol das manhãs ou das tardes de praia, as gatas, a água de coco, trocar tudo isso pela luz artificial das salas de bibliotecas, funcionárias feias e carrancudas, o mofo das estantes de livros... Isso! O mofo!

"O problema, professor", eu comecei.

"Sim", ele disse.

"O problema, sabe, o problema é o mofo", eu disse.

"Mofo?...", ele estranhou.

"Eu não posso com o cheiro de mofo dos livros antigos."

"O que você chama de cheiro de mofo dos livros antigos é o cheiro da alma dos autores mortos."

"Pois então: esse cheiro da alma..."

"Dos autores mortos."

"Esse cheiro... Alergia, sabe?... Meu médico..."

Outra mentira descarada, mas, como eu tinha mentido antes sobre a praia, achei que estava perdoado...

"Tudo bem", disse ele, compreensivo; "eu não quero, de forma alguma, agravar futuramente os seus problemas de saúde."

"Não, não", eu disse, quase imitando-o sem querer; "não chega a ser um problema de saúde, é que... Bem, alergia, o senhor sabe..."

"Não, não sei", ele disse, "porque eu nunca tive alergia, a não ser por tolos, ignorantes e mentirosos."

"Espero não estar incluído em nenhuma dessas categorias...", eu disse.

"Se estivesse, você esta hora não estaria aqui, à minha frente."

"Obrigado, professor", eu disse — este tolo, ignorante e mentiroso...

"Mas, por falar em estar, onde estávamos nós?..."

"Acho que... no cheiro da alma dos autores mortos", eu disse.

"É. Mas por que falamos nisso?"

"Porque... As pesquisas, os novos pesquisadores..."

"Ah, sim, foi isso mesmo: os novos pesquisadores. Se é que no futuro ainda haverá algum jovem interessado em literatura."

"Claro que haverá, professor", eu disse.

"Claro? Não sei, sinceramente que não sei..."

"Claro!"

"E vou mais longe", ele disse: "se é que haverá no futuro alguém, de qualquer idade, interessado em literatura..."

"O senhor está muito pessimista", eu disse.

"Estou?..."

"Está, sim."

"Pode ser...", ele disse, dando um leve sorriso.

Toda conversa tem os seus pontos mortos, e havíamos chegado a um deles, com os dois de repente calados.

Essa hora um passarinho começou a cantar na árvore em frente à janela, nos chamando a atenção.

"É uma cotovia?", perguntou o professor.

"Acho que é um sabiá, professor; mas como eu não sou otorrino..."

"Ornitólogo", ele disse.

"Isso", eu disse, "ornitólogo. Foi um ato falho. É que eu estava pensando aqui no otorrino que eu vou ter de consultar para a minha alergia..."

Uma mentira nunca fica só nela, já disse alguém. Se não disse, digo eu aqui agora...

"Ninguém", disse meio de repente o professor, "ninguém pode estar tranquilo em suas certezas. Ainda mais no que se chama 'verdade histórica'."

"Por quê, professor?", eu perguntei.

"Acha-se que uma coisa é verdadeira", ele continuou, sem me responder, "e de repente sai um velho do fundo de uma biblioteca mais velha ainda e: 'Ei, pessoal, não é nada disso que vocês pensavam; a história é bem diferente!'"

Eu ri.

"'Ei-la, aqui está ela, a verdade verdadeira!'"

"Manchete nos jornais: 'Professor Simão: gênio ou charlatão?'"

Ele riu.

"Boa manchete", disse, "boa manchete... Mas o Professor Simão não é uma coisa nem outra..."

"E o que é o Professor Simão?..."

"Bom: gênio eu não sou; charlatão eu jamais seria. O que eu sou, então? Eu sou apenas um modesto professor aposentado, a quem o acaso deu como prêmio por uma vida inteira dedicada ao ensino este formidável achado."

"Você merece!", eu disse.

Ele deu um sorrisinho.

"Mas, professor, voltando à vaca-fria: e os vizinhos, os amigos... Eles não sabiam dessa história?"

"Que história?"

"Do filho, o filho do Machado, o Quinquinha..."

"Ah, meu caro, isso aí... Veja o que aconteceu há pouco tempo, em nossos dias."

"Hum."
"Para ficarmos na literatura."
"Sim."
"Arthur Miller."
"Arthur Miller", eu repeti.
"Prêmio Nobel de Literatura — se isso significa alguma coisa..."
"Pelo menos uma boa graninha significa", eu disse.
"Boa gente ele, né?"
"É."
"Humanista, defensor dos valores civilizados..."
"Isso."
"Em suma: um homem de bem."
"Exato."
"E o que esse homem de bem, esse Prêmio Nobel de Literatura, fez?"
"Ele matou alguém, professor?"
"Não; também não exageremos, né?"
"Eu só perguntei", eu disse.
"O que ele fez: ele ocultou a vida inteira que tinha um filho mongoloide."
"Professor!", eu disse. "*Be careful!* Se o senhor disser por aí 'mongoloide', o senhor corre o risco de ser linchado, esquartejado e jogado aos porcos."

Ou será que eu deveria dizer "suínos", para não ofender os porcos?...

"Por quê, meu caro?", ele me perguntou.

"Por quê? Porque não se pode mais dizer essa palavra. É Síndrome de Down — Síndrome de Down. Mongoloide virou palavra proibida."

Ele fez um muxoxo, e continuou:

"Esse caso é só um caso; há outros, vários outros, com personagens ilustres."

"Hum."

"Agora imagine, só a título de exemplo, imagine esta cena: está lá o Machado, no sodalício, cercado de todos aqueles enfarpelados confrades das letras; de repente eis que adentra o recinto o crioulinho..."

"Hum..."

"É como naquela marchinha de Carnaval: 'Tava jogando sinuca, uma nega maluca me apareceu'..."

"Só que não se pode mais cantar assim, professor."

Ele continuou:

"'Vinha com um filho no colo e dizia pro povo que o filho era meu. Não, senhor...'"

"Viu, professor?", eu também continuei. "Não se pode mais cantar assim."

"E como que é então?", ele quis saber.

"Agora é assim: 'Tava jogando sinuca, uma afrodescendente mentalmente descompensada me apareceu'..."

Ele riu.

"É verdade que se perde um pouco no ritmo", eu disse, "mas... Paciência... Não se pode ter tudo, né?..."

"E há", prosseguiu o professor, "há o caso recente de outro Prêmio Nobel, também de Literatura."

"Qual, professor?"

"O chucrute."

"Chucrute?", eu perguntei.

"O alemão."

"Grass?"

"Isso; Grass, Günter Grass, ele mesmo. Não ocultou ele a vida inteira que fizera parte da Juventude Hitlerista?"

"É."

"Então é isso. Há muita mentira, muita invenção, muita fantasia. É muito difícil saber a verdade sobre as pessoas e as coisas. Muito difícil..."

Ele se levantou:

"Vou ao banheiro e volto já..."

O professor voltou — a vasta cabeleira agora penteada...

"Retomando a questão, da verdade e da mentira..."

"Que Fla-Flu, hem, professor?..."

"É... Esse Fla-Flu é brabo..."

"Quem será que vencerá?"

"Esperemos que seja a verdade, né?"

"Ou será que haverá empate?"

"Empate? Não, não sei..."

"Mas o senhor começou a dizer...", eu lembrei.

"Sim", ele disse, "essa questão, da verdade e da mentira, agora voltando aos nossos, à nossa gente."

"Hum."

"Tiradentes."

"A filha dele, né?", eu me adiantei.

"A filha? Não", ele disse, "a filha não. O Tiradentes mesmo."

"Por falar nisso", eu disse, "o senhor já visitou, no Museu da Inconfidência, em Ouro Preto, a cama em que morreu Tiradentes?"

"Tiradentes", ele continuou, sem me dar bola.

Mas eu também continuei, sem dar bola para ele:

"E aquele governador mineiro — o senhor sabe qual... — que foi ao Museu, viu lá um esqueleto e perguntou: 'De quem é esse esqueleto?' O funcionário, que era um gozador-mor e sabia da notória ignorância do governador, sapecou de imediato: 'Esse aí é o esqueleto de Tiradentes.' 'Hum...', disse o governador, balançando a cabeça, muito sério. Passa um pouco, visitando outra dependência do Museu, o governador dá com outro esqueleto, este pequeno, de uma criança. 'E esse aqui?', pergunta o governador. 'De quem é esse esqueleto?' O funcionário, rápido no gatilho: 'Esse é o de Tiradentes quando era criança.' 'Hum...', disse o governador."

O professor balançou a cabeça, um discreto riso no canto da boca.

"Mas eu comecei a dizer", lembrou ele: "Tiradentes."

"Sim", eu disse.

"Ele foi enforcado?"

"Bom, professor, eu não estava lá no dia para responder ao senhor com absoluta segurança, mas sempre ouvi dizer que sim. O senhor não vai me dizer: 'Mentira! Mentira deslavada!'"

Dessa vez ele deu uma gargalhada.

"Vai?", eu perguntei. "O senhor vai me dizer isso?"

"Pois vou, vou, sim: 'Mentira! Mentira deslavada!'", ele disse, se imitando de forma histriônica.

"O senhor está brincando..."

"Quer dizer, não sou eu exatamente que vou dizer, mas há quem o diga. Você não sabia?"

"Não; dessa eu não sabia; francamente."

"Pegando carona no que você disse, eu também não estava lá no dia para dizer com absoluta segurança que ele foi mesmo enforcado."

"Não", eu disse, "não dá, essa aí não dá; como que eles iam inventar uma coisa dessas?..."

"Como?"

"Não, o senhor me desculpe, mas aí já é doideira demais."

"Calma, jovem, calma... Ninguém está negando o fato. Você está absolutamente certo, como todos estamos, de que no dia vinte e um de abril de mil setecentos e oitenta e nove, aqui, no Rio, no Largo da Lampadosa, no alto de um patíbulo, um homem foi enforcado."

"Então?", eu disse.

"Mas esse homem, esse homem era Tiradentes?"

"Claro que era!", eu disse.

"Claro? Você não estava lá...", ele disse, com um risinho triunfante.

"Mas e os que estavam?", eu disse. "E os que estavam lá e viram?..."

"Eles não podem ter sido enganados?..."

"Enganados? Enganados como, professor?"

"Enganados."

"O senhor é que imaginou isso?"

"Não, eu não, eu não tenho imaginação. Imaginação é coisa de escritor. A mim o que interessa é a verdade histórica."

"Mas então quem disse isso?", eu perguntei.

"Bom", ele disse, "como você sabe, a História não é a minha área, não é a minha praia, como se diz hoje. Minha praia é a literatura, o estudo da literatura. Portanto..."

"Hum..."

"Portanto, eu não sei te dizer com certeza quem disse isso. Mas quem eu primeiro vi dizendo, se não me falha a memória..."

E *tlec!* O professor deu aquele estalo de dedos, que, se a gente estivesse meio distraído, até se assustava.

Era um senhor estalo, de fazer inveja a qualquer um. Tanto que eu, em casa, já havia tentado conseguir um estalo daqueles, mas nem perto chegara. Acho que a questão eram os dedos: os meus eram finos, e os do professor grossos, bem grossos.

Tlec! E o estalo vinha nos momentos mais inesperados da conversa, como aquele: "se não me falha a memória"...

Um dia eu pensei: se houvesse uma competição de tlec e o professor participasse, ele seria certamente o vencedor...

E por que não haver? Por que não haver uma competição de tlec? Talvez até já haja alguma em algum lugar — que competição não há neste mundo competitivo que é o nosso?...

Penso especialmente nos Estados Unidos, onde há pouco tempo li que há uma competição de cuspe a distância. Isso mesmo: cuspe a distância. Então é possível que haja também uma competição de tlec.

Posso até imaginar o vencedor dando entrevista na televisão, segurando o Troféu Tlec, o Tlec Trophy, carinhosamente chamado de TT:

"Estou muito orgulhoso da minha vitória e quero dedicá-la à minha mãe, que sempre acreditou em mim, à minha esposa, que teve a paciência de aturar por tantos meses os meus tlecs dentro de casa, e aos meus filhos, que, nos meus momentos de desânimo, me estimularam a prosseguir."

Então, despedindo-se do público, ele ergue com a mão esquerda o troféu, e com a direita, unindo o dedo médio com o polegar, dá aquele *tlec*!

O público aplaude freneticamente, com palmas e gritos, e ele agradece:

"*Thank you! Thank you! Thank you very much!*"

E que tal, pegando o embalo, uma competição de pum? O pum mais barulhento, mais sonoro. O som seria medido por sensores de alta precisão.

"E então, Mister Jimmi?", para continuar nos States: "Poderia o senhor nos explicar o que fez para conseguir tão formidável pum?..."

Pegando ainda o embalo — puxa, acho que eu hoje estou inspirado — e passando para o mundo animal, que tal uma corrida de lesmas? Não seria sensacional? Bem, sensacional talvez não seja a palavra mais adequada... Instigante, digamos. Isso: instigante. Seria a Lesmaratona.

"E aqui está a vencedora: Miss Kimberly! Percorreu um metro em meia hora! Miss Samantha ficou pela metade do caminho, parece ter desistido. E Miss Jennifer? Por que não saiu sequer do caramujo? Timidez diante do público? Vá entender a psique das lesmas... Nem o Doutor Freud..."

Para terminar: uma competição de saltos de pulgas. Hem? Estou imaginando ou terei lido isso em algum lugar? Acho que depois vou fazer uma busca no Google: "Competições Bizarras". O que será que encontrarei? Certamente encontrarei de tudo.

De tudo ou de quase tudo, pois uma competição eu acho que eu não encontrarei e vai aqui como sugestão para que seja um dia realizada, podendo sê-lo em qualquer parte do mundo, mas de preferência no Brasil.

É só para as moças. Um prêmio, de valor a ser estudado, para a moça que percorrer a pé cem metros — o equivalente a um quarteirão — sem nem uma só vez levar a mão aos cabelos.

Fácil? Pois fique você, meu amigo, fique você quinze minutos — quinze minutos são o bastante — num ponto estratégico de um quarteirão, observando as moças que passam, e tire as suas conclusões.

Eu já tirei as minhas. Primeiro, que essa competição — que tal chamá-la de Cem Sem? — seria, de todas, a mais difícil. Segundo, que ela seria tão difícil que provavelmente não teria jamais um vencedor...

Bem, mas — *tlec!* — lembrei-me que eu estava falando do tlec do professor.

E então, depois dessas digressões todas — e, quem sabe, tolas —, voltemos ao *mainstream*, à conversa...

"Aí é que está!", disse o professor, num outro tom.

Depois do estalo, que indicava uma brusca interrupção, o tom era sempre mais alto, mais enfático.

"Aí é que está! Se não me falha a memória. Mas a memória falha, falha porque é humana, e tudo que é humano falha. A memória falha como falha o raciocínio, como falha o..."

Eu fiquei esperando.

Ele apertou com força os olhos.

"Mestre", eu disse, "se você quiser, eu posso ir embora agora e voltar amanhã..."

"Não, não", ele disse, "de forma alguma; foi só um momento de fadiga, só isso; já passou."

"Para mim não seria nenhum problema."

(Nenhum; a Luana só me mataria; mas, fora isso...)

"Não", ele tornou a dizer, "eu quero que você fique. Ainda temos muita coisa a conversar", e ele deu um sorriso quase infantil.

"Como o senhor quiser", eu disse.

"É que... Tem hora que vem muita coisa ao mesmo tempo à cabeça da gente", ele disse. "Por exemplo: se o sujeito que falou sobre o filho do Machado... Não, eu não posso duvidar dele. Se eu duvidar... Se eu duvidar, eu não tenho como prosseguir em minha pesquisa."

"Pois não prossiga", eu disse.

Ele me olhou fuzilante, achei que fosse me dar um esculacho daqueles — mas ele não disse nada.

"Desculpe-me, professor; desculpe-me. Foi uma bobagem, uma coisa que eu disse sem pensar. Desculpe..."

Ele fez um gesto de não-tem-importância.

"Mas... Sabe?", ele disse. "Você talvez tenha alguma razão... O que eu vou ganhar com isso?..."

"O senhor eu não sei", eu disse; "o senhor eu não posso dizer; mas nós, nós todos, os que amamos a literatura, nós ganharemos."

"Será?..."

"Claro, professor. Como diria o Professor Simão: 'Claríssimo!'"

Ele riu, e sua expressão se desanuviou.

"Mas deixa eu te contar uma coisa", ele disse; "você vai achar interessante..."

"Sou todo ouvidos", eu disse.

"É uma coisa além do meu achado."

"'Achado sobre Machado': daria um bom título para um livro, né, professor?"

"É...", ele disse, sem maior entusiasmo. "Mas, me lembrando das fotos do homem e procurando em minha memória a que batesse com a época do filho, eu me fixei numa, aquela em que ele está sentado, de pernas cruzadas, ao lado da escrivaninha."

"Eu sei qual", eu disse. "O retrato do artista quando jovem — jovem e, pelo jeito, pai..."

"Aí... Bem, aí eu fiquei com aquela foto em minha cabeça, saí da Biblioteca — e, como eu já te contei, ainda voltei lá, com o pretexto do guarda-chuva..."

"É", eu disse.

"Saí, peguei um táxi e dei o meu endereço."

"Hum."

"Aí eu olho o motorista, olho bem para ele, pelo espelhinho, e... Não acreditei."

"O que houve, professor?"

"Não acreditei."

"O que houve?..."

"Pensei: estarão os deuses se divertindo à minha custa? Ou, como vocês dizem, em linguagem mais plebeia: estariam os deuses curtindo com a minha cara?"

"O que eles fizeram com o senhor, os deuses?"

"Eu olho para o motorista, olho para ele e... Era a cara do Machado!"

"*I don't believe it!*"

"A cara do Machado, o Machado da tal foto!"

"Que coisa...", eu disse.

"E aí o que eu deduzi?"

"Que ele era neto do Machado."

"Neto não; neto ele não poderia ser; só se ele fosse um Matusalém. Nem neto, nem bisneto; nem mesmo tetraneto. Um descendente de quinta geração."

"Quinta", eu disse; "quer dizer que o homem transmitiu o legado da nossa miséria por cinco gerações."

"Não há de ver?"

"Mulato safado, hem? Ou dissimulado, feito a Capitu..."

"Pois é..."

"Tese de doutorado: 'A paternidade em Machado de Assis — ou o mulato dissimulado.'"

O professor riu.

"Ou então: 'O legado da nossa miséria: cem anos de enganação'."

"Eu fiz as contas aqui", disse o professor, abrindo a gaveta e pegando uma cadernetinha vermelha.

Mostrou-a de longe para mim.

"Está tudo aqui...", disse, com um sorriso — vai de novo o adjetivo — maroto. "Todos os dados da minha descoberta até agora."

"Posso dar uma olhada?", eu disse, só para provocar.

"Pode, claro... Você é tão bonzinho..."

Eu dei uma risada.

Ele pôs os óculos.

"Eu parti do nascimento do filho", ele disse. "Fiz os cálculos a partir disso. Cálculos aproximativos, é claro."

"Sim", eu disse.

"Depois vou passar a limpo estes garranchos e fazer direitinho a cronologia."

"Cronologia hipotética, né, professor?", eu observei.

"Sim, hipotética", disse ele, guardando de novo a cadernetinha na gaveta e tirando os óculos.

"Porque", eu continuei, "o senhor não sabe se o filho dele, o Quinquinha, também teve filhos."

"Não, não sei", ele concordou.

"E se teve, se os filhos dele também tiveram — e assim por diante."

"É verdade", ele disse, "você está certo."

"Pois é."

"São conjecturas", ele disse, "nada mais que isso: conjecturas..."

"Bem, mas", continuou o professor, "a cara do motorista: essa me impressionou realmente. Eu tive até de me conter, de parar de olhar para ele, porque senão o que ele ia pensar? Ele ia pensar isto: 'Esse velho é baitola, ele está querendo me cantar...'"

Eu dei uma risada.

"É, uai; não é, não? Ele ia pensar isso, 'velho baitola'. Do jeito que está tendo veado por aí..."

Tornei a rir.

"Nunca vi tanto veado; para todo lado que você olha, você dá com um veado. Parece uma epidemia!"

"Venha a nós o vosso rego!"

"Velhos", continuou ele, "velhos inclusive. E quer coisa mais triste do que uma bicha velha?"

"Por falar nisso, professor, eu já ouvi dizer que o Machado também era. O senhor não ouviu?"

"Era o quê?"

"Gay."

"Ah..."

"Verdade", eu disse. "Quer dizer, verdade que eu ouvi dizer, que alguns disseram isso, que ele era gay. Enrustido, né? No armário."

"O que não dizem de um grande escritor... O que não dizem... Ainda mais de um escritor que já morreu e não está mais aqui para se defender..."

"Isso é mesmo", eu disse; "o senhor tem razão."

"Mas se ele estivesse, se ele estivesse aqui e se defendesse? Poderíamos estar certos de que ele estaria dizendo a verdade?"

"É", eu disse, "tem isso."

"Eu não sou um especialista em Machado; aliás, não sou um especialista em nada. Há coisas na vida dele, e mesmo na obra, que eu humildemente confesso desconhecer. Mas essa história, essa história de ele ser gay, francamente... Isso me cheira a pura maledicência. Ou então conversa pra boi dormir."

"Agora, professor, eu ouvi dizer também que o boi..."

Ele caiu na risada.

"Até o boi...", ele disse.

"Até o boi", eu disse. "Para o senhor ver que ninguém escapa..."

"Eu estou vendo..."

"É assim..."

"Mas", ele disse, "eu não acabei de contar o caso do táxi... Bom: eu fiquei tão impressionado, fiquei tão impressionado com aquilo que, depois que o carro já tinha rodado alguns quarteirões, eu não resisti e perguntei: 'Machado de Assis: você conhece?' 'Quem?', o motorista perguntou, voltando-se para trás. 'Machado de Assis', eu repeti. 'Claro', ele disse, abrindo um sorriso largo; 'eu já transportei o Doutor Machado muitas vezes.' 'Então você é um prodígio', eu disse. 'A gente faz o que pode, né?', ele disse, modestamente. Eu parei por aí, é claro."

"Claro...", eu repeti.

"E lá na Biblioteca?", o professor disse.
"O que aconteceu lá?", eu perguntei.
"Ah", ele disse, "o que aconteceu lá foi melhor ainda..."
"Hum..."
"Foi o seguinte: a hora que eu acabei de ler o trecho na...", ele deu uma parada repentina.
"Na", eu disse: "então é uma revista."
"Espertinho, hem?", ele disse. "E se for? E se for uma revista? A Biblioteca tem lá milhares delas..."
"Isso é..."
"Bom, mas a hora que eu li aquilo, eu fiquei tão empolgado que eu olhei para uma moça que ia passando — eu já a tinha visto algumas vezes na Biblioteca, é uma moça já meio erada, com um rabo de cavalo..."

"De égua, professor, de égua, ou as feministas vão dizer que o senhor é machista."

"Olhei para ela, olhei assim para ela e disse: 'O Machado de Assis teve um filho!' Ela parou, ficou me olhando, e, assim, meio sem jeito, com um sorriso meio envergonhado, disse: 'Acho que o senhor está enganado...' 'Não', eu disse, 'eu acabo de saber disso aqui: o Machado de Assis teve um filho!'"

"E aí?..."

"Aí ela disse: 'O senhor deve saber das coisas muito mais do que eu; já vi o senhor algumas vezes aqui, na Biblioteca; mas acho que nesse ponto o senhor está enganado.' 'Por quê?', eu perguntei. 'Porque o Machado de Assis não teve um filho', ela disse; 'ele teve foi uma filha.' 'Filha?', eu perguntei. 'Filha', ela repetiu, balançando a cabeça e o rabo também — o rabo de égua, como quer você..."

"Eu, não, professor; as feministas."

"'Foi uma filha', ela disse; 'isso está no livro em que eu estudei na escola. Eu lembro até que ele fez uma poesia para ela, uma poesia muito bonita; acho que foi nos quinze anos dela.' 'Você lembra do nome?', eu perguntei. 'Da poesia?', ela perguntou. 'Não', eu disse; 'da filha.' 'O nome...', ela hesitou; 'bom, o nome eu não tenho muita certeza, não vou jurar que era este; mas, se não me engano, era

Carolina, o mesmo nome da música do Chico, o Chico Buarque.' 'Carolina era a esposa dele', eu disse. 'Bissolutamente', ela disse; 'o senhor está muito enganado.' 'Por quê?', eu perguntei. 'Porque ele não casou.' 'Não?' 'Não; o senhor não sabia?' 'Confesso que não', eu disse. 'Ele era solteirão', ela disse."

Eu dei uma risada.

"'O Machado?', eu perguntei. 'Sim, senhor', ela disse, 'Machado de Assis, o nosso grande poeta.' 'Ele era casado', eu insisti. 'Bissolutamente', ela disse, abanando a cabeça e o rabo, o rabo de égua. 'Essa filha', ela continuou, 'essa filha ele teve com uma atriz de teatro. Não, perdão: agora fui eu que me enganei; com uma atriz de teatro foi um outro escritor, não estou lembrando agora qual...' 'Não tem problema', eu disse. 'Eu sei muita coisa sobre ele', ela disse, entusiasmada. 'Eu estou vendo...', eu disse. 'Eu sei, por exemplo, que ele era muito magrinho, esquelético.' 'Epilético, você quer dizer.' 'Epilético? Epilético não é aquela doença que dá sapituca?' 'Mais ou menos', eu disse. 'Se ele tivesse essa doença, como que ele ia dar conta de escrever o que ele escreveu?' 'É verdade', eu disse."

Eu dei outra risada.

"'Ele era é esquelético, magrinho', ela continuou. 'No livro tinha um retrato dele, ele já bem velhinho, de barba branca, óculos... E mesmo assim, fraquinho, o senhor sabe que ele viveu muito, né?' 'Sei', eu disse. 'Ele morreu com oitenta anos. Oitenta ou noventa. Sei que ele morreu bem velhinho.' 'É.' 'Se o senhor quiser', ela disse, encerrando o nosso papo, 'se o senhor quiser, eu posso procurar o livro lá em casa, e aí, se eu encontrar, eu trago e empresto para o senhor. O senhor vem sempre aqui, na Biblioteca, não vem?' 'Venho', eu disse. 'Às vezes a Biblioteca até tem desse livro.' 'Não se preocupe', eu disse. 'É livro de escola', ela disse. 'Não precisa se preocupar', eu disse; 'os esclarecimentos que você me deu já foram muito importantes para mim.'"

Mais risada.

"'De verdade?', ela perguntou. 'De verdade', eu respondi. O que eu ia responder? Que era de mentira?"

"Não", eu disse, "de forma alguma..."

"'Eu fico muito contente com isso', ela disse. 'Poder ajudar uma pessoa como o senhor, uma pessoa culta. É uma honra para mim.' Eu dei um sorriso. 'Bom', ela disse, 'eu já estava de saída... Um bom final de semana para o senhor, e até qualquer hora...' 'Até', eu disse. 'E um feliz Natal, né?' 'Para você também', eu disse; 'um feliz Natal!'"

"*My God!*...", eu disse.

"Não foi interessante?"

"Interessantíssimo."

"Vale a pena?, eu pergunto."

"Vale a pena o quê, professor?"

"Fazer alguma coisa de cultura neste país?"

"Hum."

"Um país formado por índios, portugueses e negros, um país formado por essas três raças poderia dar em alguma coisa que preste?"

"Deram em Machado de Assis", eu disse.

"Mas para um Machado de Assis há um milhão, dois, três, sei lá quantos de..."

"Deram no Professor Simão."

"Ah", ele disse, com um gesto, encerrando aquela conversa.

Maria, a empregada, entrou no escritório, trazendo uma bandeja, que ela depositou na mesinha sob a janela: uma cafeteira, um açucareiro, duas xícaras com os pires, e uma colherzinha.

"A preciosa rubiácea", disse o professor, como todas as vezes dizia. "Eis que ela chega — e em boa hora!"

Maria serviu-nos o café: o meu com uma colherzinha de açúcar e o do professor sem açúcar nenhum. Então saiu do escritório, me dando antes uma piscada alegre, por ver que o professor agora estava mais calmo.

Tomamos o café em silêncio.

Então me levantei e pus minha xícara na mesinha. Em seguida peguei a do professor.

Pouco depois Maria apareceu e levou de volta as coisas, junto com os nossos sinceros agradecimentos pelo delicioso café.

"Bom, professor, voltando ao nosso papo: o Tira..."

"Tira?"

"O Dentes."

"O que tem o Tiradentes?"

"Ele casou mesmo com a princesa?"

"Princesa?"

"Esqueça, professor; é besteira... Eu quero saber é se ele foi mesmo enforcado."

"Ah, sim", ele disse; "eu comecei e não concluí, a conversa tomou outro rumo, como sói acontecer."

"Ele foi ou não foi?", insisti.

"Um homem foi enforcado."

"Isso."

"Esse homem era Tiradentes?"

"Eu acho que sim", respondi.

"Pois tem gente que acha que não, que aquele homem que foi enforcado não era Tiradentes, mas alguém parecido com ele, um boi de piranha."

"Mesmo, professor?"

"E enquanto aquele homem era enforcado, Tiradentes, protegido por seus companheiros de maçonaria, se escafedia para Lisboa."

"Meretriz que deu à luz!..."

"E sabe onde eu li isso, se não me falha a memória?"

Tlec! Um estalo daqueles!

"Foi aqui", ele disse, "foi exatamente aqui que paramos àquela hora, no 'se não me falha a memória'... Não foi?"

"*Yes, mister.*"

"Pois então? Se não me falha a memória, o que eu li sobre esse Joaquim — o José — foi exatamente — veja só como são as coisas — numa crônica de um outro Joaquim — o Maria."

"O Machado?"

"*Yes, mister...*"

Eu ri.

"José, Maria...", disse o professor. "Só ficou faltando o Cristo..."

"O Cristo deve ter sido o que foi enforcado, o que pagou o pato, se tudo isso for verdade, se *it is all true...*"

"É..."

"E quem foi esse Cristo que pagou o pato?"

"Quem?"

"Se não era Tiradentes, quem era ele?"

"Dizem que era um carpinteiro, um ladrão."

"Que maravilha...", eu disse. "Quer dizer que o nosso herói máximo, o Protomártir da Independência..."

"E tem mais", o professor disse; "tem mais... Vai escutando..."

"Hum..."

"Essa imagem que temos de Tiradentes, a de um homem de barba e cabelos compridos, não corresponde à realidade."

"Não?..."

"Essa imagem, essa imagem que passou à história, que está nos livros, nas notas, nas moedas, nos selos, é uma imagem inventada."

"Que beleza..."

"Está vendo como são as coisas?"

"Eu acho que eu estou vendo é como as coisas não são..."

"O objetivo — o objetivo dos republicanos, na época — era criar uma imagem de Tiradentes que se assemelhasse à imagem de Cristo."

"Então", eu disse, "então a bagunça é completa, porque eu li há pouco tempo que, segundo os pesquisadores, Cristo não tinha cabelos compridos nem barba..."

"Eu li isso", o professor disse, "eu também li."

"E aí, como é que fica?"

"Fora aqueles que dizem que Cristo nunca existiu, né?"

"Quem sabe Tiradentes também nunca existiu?"

"Não cheguemos a tanto..."

"Quem sabe nós também não existimos?"

"Calma, jovem, calma... Nem tanto ao mar, nem tanto à terra. Vamos com calma e chegaremos lá, aonde queremos chegar. Disse Cícero: a verdade é filha do tempo."

"Pois eu já estou achando que a verdade é filha é de outra coisa..."

O professor deu uma risada.

"Bem", eu disse, segurando-me nos braços da cadeira e fazendo a minha primeira menção de levantar-me.

Primeira porque só lá pela quinta menção aceitava o professor que eu de fato fosse embora — e aquele dia não fugiria à regra...

"Não, espera", ele disse. "Agora vem uma coisa muito importante, que eu quero te contar e que também me tirou o sono."

"O que é, professor?"

"Eu estou muito preocupado. Preocupado e, confesso, chateado comigo mesmo."

"Por quê?"

"Eu tinha de dizer aquilo à moça?"

"Moça?", eu perguntei.

"A da Biblioteca."

"A Bissa?"

"Bissa...", o professor riu. "Bom apelido para quem cuja ignorância é abissal..."

"Pois é..."

"Eu tinha de dizer aquilo?"

"Aquilo o quê, professor?"

"Aquilo o quê... Você tem hora que... Que o Machado teve um filho, caramba!"

Eu fiquei calado. Isto eu já aprendera: certas horas, principalmente quando o professor ficava bravo, o melhor era ficar calado.

"Eu não precisava nada de ter dito aquilo."

Continuei calado.

"Vamos que", ele prosseguiu, "vamos que a Bissa...", e ele riu de novo.

Eu também ri.

"Vamos que a Bissa, que me pareceu uma moça muito gentil, chegue em casa e... O correto seria dizer 'chegue a casa'; mas alguém fala assim? Fala? Ah, que vão para o inferno os gramáticos!"

"Muito bem, professor!", eu bati palmas. "Gostei do seu ato de rebeldia!"

"E será que eles falam assim?"

"Eles quem, professor?"

"Os gramáticos, rapaz!"

Confesso que a minha cabeça já estava cansada com aqueles zigue-zagues mentais do professor.

"Será que eles chegam em casa e avisam à mulher: 'Bem, já cheguei a casa.'? Será?"

Eu ri.

"Bom, mas, prosseguindo: a moça, a Bissa, chega em casa e vê que não é nada daquilo, daquelas baboseiras."

"Bissolutamente!"

O professor riu.

"Vê que não é nada, e aí ela vai lembrar da nossa conversa e da maldita frase que eu disse e não precisava ter dito."

"Que frase, professor?"

Ele me olhou com um olhar verdadeiramente assustador, e antes que ele soltasse alguma terrível diatribe contra a minha pobre pessoa, eu disse rápido:

"Que o Machado teve um filho."

"Salvo pelo gongo, jovem; salvo pelo gongo."

Eu respirei, aliviado.

"Ela lembra da frase..."

"Que o Machado teve um filho", eu repeti, para não haver dúvida de que eu estava lembrando.

"E aí ela chega à Biblioteca — à Biblioteca, aqui, sim, eu concordo, chegar à Biblioteca —, chega à Biblioteca e não me acha, porque também não vou lá todo dia, como você sabe, e quando vou, não fico o dia inteiro..."

"Eu sei..."

"Ela não me acha, mas — aí é que vem — ela acha outras pessoas, quem sabe até algum outro professor, ou então um editor, um escritor, ou, o pior de tudo, um jornalista, e aí ela dá com a língua nos dentes e diz qualquer coisa como: 'Um senhor que vem sempre aqui, um senhor de mais idade, disse que o Machado de Assis teve um filho.'"

"Hum."

"Aí a notícia corre."

"É."

"E aí?"

"O quê?"

"O que pode acontecer?"

"Não sei", eu disse.

"Você não sabe, mas eu sei: pode acontecer de tudo — até o meu assassinato."

"Assassinato?...", eu perguntei, rindo.

"Claro, meu filho, claro. Ó...", e ele fez o gesto de passar uma navalha no pescoço.

Eu dei uma risada.

"Ah, professor..."

"Ah o quê?"

"Não tem cabimento", eu disse.

"Não tem? É porque você não sabe; uma notícia dessas pode incomodar muita gente, pode contrariar fortes interesses econômicos: editores, acadêmicos..."

"Hum..."

"Você acha que essa gente é flor que se cheire? Acha? Se acha, está muito enganado."

Eu não disse nada.

"Não se iluda, meu caro, não se iluda: cultura não confere caráter a ninguém, da mesma forma que batina e hábito a ninguém conferem santidade."

Eu sacudi a cabeça, concordando.

"A cultura às vezes até refina e amplia o que há de pior numa pessoa."

Eu sacudi a cabeça.

"Ilustre isso, ilustre aquilo: não vá nessa. Verniz se compra na loja da esquina."

"É verdade", eu disse.

"O mundo acadêmico: o que é o mundo acadêmico? O mundo acadêmico é isto: sob as luvas de pelica, as garras da fera; por trás dos sorrisos, as presas, prontas para morder. O mundo acadêmico é isso."

"Só o mundo acadêmico?...", eu disse.

"Inveja, despeito, ressentimento: esse é o feijão com arroz dessa gente. Vaidade é o ar que eles respiram. Vaidade e falsidade. Longe dos rapapés e dos salamaleques, a perfídia, a maledicência, a calúnia — a vontade, em suma, de aniquilar o outro."

Eu sacudi a cabeça.

"É assim, meu jovem", ele disse, "é assim. Se não for pior..."

"Bem", eu disse, na minha segunda menção de levantar-me.

"Espera", disse o professor, "espera..."

Eu esperei.

"Outra grande preocupação minha, que também não me dá sossego..."

"Qual, professor?"

Ele foi dobrando os dedos.

"Quatro", disse, "quatro dias. Quatro dias que a Biblioteca vai ficar fechada."

"Isso", eu confirmei.

"Quatro se não resolverem emendar com o feriado da passagem de ano. Se resolverem, aí seriam mais de dez dias."

"Sim", eu disse; "mas o que tem isso?"

"Tanta coisa pode acontecer...", ele disse.

"Pode."

"Principalmente um incêndio."

"Um incêndio?", eu perguntei.

"Aquilo lá é um barril de pólvora, Mac!"

"Será?"

"Um barril de pólvora!", ele repetiu, com mais ênfase ainda.

"Hum."

"Eu telefonei agora, de manhã, antes de você vir, eu telefonei a um amigo meu que trabalha na administração: eu perguntei a ele se o risco de incêndio na Biblioteca é grande."

"E o que ele respondeu?"

"Ele respondeu que não."

"Então?"

"Mas eu te pergunto: você acha que ele ia responder que sim? É claro que ele não ia. Foi uma bobagem eu perguntar isso."

Eu não disse nada.

"Um curto-circuito", continuou o professor, "aqueles fios lá, tudo coisa velha, alguns descascados..."

Eu dei um toc-toc na cadeira...

"É, meu caro, é... Isso pode perfeitamente acontecer. Pode ou não pode?"

"Poder, pode, mas..."

"Não tem 'mas': se pode, pode."

"Bom...", eu disse.

"E lá se vai para sempre a minha fonte..."

"E alguns livrinhos também, né, professor?"

"Não dá para tirar o sono pensar isso? Como que eu vou dormir pensando que uma coisa dessas pode acontecer?"

"Se a gente for pensar assim..."

"Já cheguei até a ver, na minha imaginação, a Biblioteca em chamas, a correria nas ruas, os carros-pipa dos bombeiros..."

"Ê, professor, o senhor não tem jeito, não, hem?..."

"Ó meu Deus", e ele ergueu as mãos juntas para o alto: "Não permitais que isso aconteça, por mais que eu não acredite em vós!"

Eu dei uma risada.

"Professor", eu disse, na minha terceira menção de levantar-me.

"Senta, senta aí", ele disse, "não vai, não..."

"Já é hora, professor; eu preciso ir..."

"Bom, então..."

Eu acabei de me levantar.

Aproximei-me da mesa:

"Eu vou, professor; eu vou. Mas, antes de ir, eu vou dar um conselho ao senhor, se o senhor me permite..."

"Vai ser o feriadão do medo", ele disse.

"Não, não vai", eu disse; "não pense assim. O senhor tem de dar uma relaxada. Esse é o meu conselho; uma relaxada. E quem sabe um comprimidozinho, um tranquilizante... Ou então isso vai fazer mal ao senhor."

"Vai fazer? Já está fazendo, você pensa que não? E pode fazer mais ainda. Eu posso até esticar as canelas."

Eu ri.

"Não", eu disse, "isso não vai acontecer..."

"Por que não? Você é profeta?"

"Não, não sou; e o senhor, por acaso é?"

"Morrer é o de menos", ele continuou; "morrer é o de menos, eu tenho mesmo de morrer um dia — e acredito que esse dia não esteja muito distante..."

"Tira isso da cabeça, professor."

"O problema é, se eu morrer, o que poderá acontecer."

"E o que poderá acontecer?", eu perguntei.

"O que poderá acontecer", ele respondeu, "o que poderá acontecer é o meu irmão vir aqui e acabar com tudo. Sabe o que é tudo?"

"Sei", eu disse.

"Tudo é tudo isso que está aqui", e ele fez um gesto amplo, abarcando todo o escritório. "Tudo isso; mas principalmente isto aqui", e ele pegou a cadernetinha vermelha, mostrando-a novamente a mim.

"Se o senhor quiser, eu posso guardá-la comigo..."

Ele arregalou os olhos como se fosse ter um troço.

"É só uma ideia, professor", eu disse, antes que ele tivesse mesmo um troço.

"Você entendeu?", ele disse.

"Entendi, professor; eu entendi. Mas acho que isso não vai acontecer", eu disse.

"Por que não?"

"Eu acho que... Primeiro: o senhor não vai 'esticar as canelas', como o senhor disse. Segundo: se isso acontecer — o que pode acontecer com qualquer um de nós, não é mesmo? com qualquer um de nós —, seu irmão não vai fazer uma coisa dessas."

"Não? Você conhece meu irmão?", ele perguntou, de um jeito agressivo.

"Não", eu disse, "não tive esse prazer."

"Desprazer, pode estar certo."

"Tá", eu disse.

"Desprazer", ele repetiu.

Eu não conhecia; não conhecia o irmão do professor. Só o conhecia de ouvir o professor falar nele.

Esse irmão morava numa cidade mineira do interior, mas eu nunca soubera qual. Sabia que não era a mesma cidade em que ele e o professor haviam nascido. *"He had a brother somewhere"*, como cantou um outro Simão, o Simon, Paul. Não sabia a cidade, nem o que o irmão fazia.

O seu nome, Judete Jordão — o do professor era Simão Serapião —, eu só vim a saber casualmente um dia, já que o professor, quando nele falava, o que era raro, a ele se referia como Cão Hidrófobo.

"E ele?", me disse um dia o professor. "Sabe como que ele me chama?"

"Como?"

"Simão Escorpião."

"Por quê?", eu perguntei.

O professor ergueu os ombros:

"Talvez por causa do nome simplesmente..."

Mas, voltando ao presente:

"O que é um irmão?", perguntou o professor.

"Um irmão é um irmão", eu respondi, para responder qualquer coisa, já que eu não tinha irmãos.

"Não", disse o professor, "nem sempre um irmão é um irmão. Mas... Senta aí, é só mais um pouco, eu não vou tomar muito mais o seu tempo..."

"Não é tomar o meu tempo, professor; é que eu..."

"É só mais um pouco — eu prometo. *I promise.*"

Eu ri.

"Está bem...", eu disse, me sentando novamente.

Ele também voltou a sentar-se.

"Você acha", ele prosseguiu, "você acha que um irmão só pelo fato de ser irmão é melhor que as outras pessoas?"

Eu fiz um gesto vago.

"Vem às vezes de um irmão aquilo que você não esperaria de seu pior inimigo", ele disse. "É preciso lembrar Caim?"

"Não", eu disse.

"Feliz foi Adão, que não teve sogra nem irmão."

"É caminhão, professor", eu corrigi.

"Não", ele disse, "não é caminhão: é irmão."

"Hum."

"Caminhão pode dar algum problema, e dá mesmo, como toda máquina dá; mas caminhão não te aporrinha, não te injuria, não te agride."

Eu sacudi a cabeça.

"Eu não dirijo, como você sabe; nunca tive carro, muito menos caminhão. Você já me imaginou dirigindo um caminhão?"

"Não; *never*."

"Lá vai o Professor Simão, dirigindo o seu Ford não sei o quê..."

Eu ri.

"Isso é algo inimaginável", ele disse, "até mesmo para mim."

"Sem dúvida...", eu concordei.

"Mas meu pai dirigia; não só dirigia, como tinha um caminhão, um caminhão de frete, e foi com ele, foi com esse caminhão, que Papai me criou, eu e o bendito do meu irmão. Bendito aqui — que fique bem claro — é mera força de expressão."

Eu sacudi a cabeça.

"Pois bem: eu nunca vi o Papai queixar-se do caminhão. Eu até... Você vai rir disso..."

"O que é, professor?"

"Um dia — eu nunca esqueci —, um dia eu vi o Papai beijando o caminhão."

"Beijando?...", eu perguntei.

"Beijando, ele estava beijando o caminhão. Eu era menino. Aí eu perguntei: 'Pai, por que você beijou o caminhão? Caminhão não é gente.' 'Não', Papai disse, 'não é mesmo, caminhão não é gente; mas meu caminhão é melhor do que muita gente que eu conheço. É por isso que eu beijei ele.'"

"É...", eu disse.

Tornei a levantar-me.

"Bom, professor, agora eu vou mesmo."

O professor também se levantou e foi junto comigo até a sala.

Me pôs a mão no ombro:

"Juízo, hem, rapaz? *Bocca chiusa*. Sabe o que é *bocca chiusa*?"

"Sei", eu disse, e passei dois dedos pela boca fechada para mostrar que sabia.

"Isso é segredo de Estado", ele disse, como já dissera mais cedo, ao telefone.

"Fique tranquilo, professor; da minha boca não sairá um a."

Ele, enfim, se relaxou.

"Você vai mesmo viajar na semana que vem?", me perguntou.

"Vou", eu respondi.

Eu tinha uma viagem marcada para Nova York — dez dias na *Big Apple*, um belo pacote que eu comprara em suaves prestações.

"Quem sabe quando você voltar eu já não terei em mãos todos os dados da minha descoberta?"

"Tomara que sim", eu disse.

"Aí nós vamos até comemorar."

"Com muita alegria", eu disse.

"Falando em comemorar, você não quer almoçar comigo?", ele me perguntou.

"Obrigado, professor."

"Um franguinho com quiabo..."

"Ainda mais isso", eu disse. "Quiabo é comida de gente?"

"Você é um mineiro degenerado, Mac...", ele disse.

Eu ri.

O professor já estava bem tranquilo, no seu normal — e assim o deixei, depois de ele me dar um abraço apertado e me desejar boa viagem.

Peguei um táxi na esquina. O motorista era mulato. Olhei bem para ele. Não, não parecia ser nenhum descendente do Joaquim Maria. Pelo menos não tinha os seus traços.

Gente, pensei, que loucura, que loucura tudo aquilo...

Na quinta-feira, à noite, viajei para Nova York.

Foi um belo passeio, que deixo para contar em outra oportunidade. Mas uma coisa eu já conto agora, uma coisa estranha, que me impressionou.

Foi um sonho, um sonho que eu tive com o professor, na passagem do ano. Sonhei que eu estava na 5ª Avenida, ela coberta de neve e deserta, como se todo mundo tivesse abandonado a cidade. De repente vejo, lá adiante, a figura solitária de um homem. Ele vem se aproximando devagar e... Era o professor, só de calça e camisa.

"Professor!", eu digo, espantado. "O senhor assim, na neve, sem nenhum agasalho! O senhor pode pegar uma pneumonia!"

Ele não diz nada. Olha-me, sério, e então faz com a cabeça um gesto triste, de negação — e eu acordo.

O sonho me impressionou. Haveria nele alguma mensagem secreta?, eu pensei. Não acredito muito nessas coisas, mas...

Olhei o relógio: eram três da madrugada. Fechei os olhos, virei-me para o canto e dormi um sono profundo, até amanhecer o dia.

De volta ao Brasil, ao chegar ao meu apartamento, e depois de dar uma descansada e de ligar para Luana, eu liguei para o professor.

O telefone não atendeu. Como era uma segunda-feira, dia em que Maria não ia, eu imaginei que o professor estaria na Biblioteca — "mergulhado naquela papelada antiga"...

Sentado em minha poltrona preferida, na salinha do apartamento, fiquei imaginando — "com um sorriso dançando nos lábios", como descreveria um desses ficcionistas que pululam por aí — o nosso diálogo:

"E então, professor, tudo bem?"

"Vamos indo, jovem, vamos indo..."

"Olha, professor, eu não quero saber nada de suas pesquisas; eu só quero saber de uma coisa: como está a Bissa?"

Ele ri.

"Ela ainda está com o rabo de égua?"

O professor dá uma risadinha.

"Quais foram as últimas e preciosas contribuições dela a respeito do Bruxo? Ela revelou mais alguma coisa sobre a filha dele, a Carolina?"

Aí fui eu que não aguentei e ri — ri sozinho...

Bom, eu tinha muita coisa a fazer, na minha chegada; no dia seguinte eu tornaria a ligar para o professor.

O que fiz.

"E aí, magíster?", eu ia começar dizendo, mas não disse — não disse nada, porque o telefone novamente não atendeu. Mudo, completamente mudo. E aí eu estranhei, e estranhei com razão, já que aquele dia era um dia em que Maria ia. O que teria acontecido?

Lembrei-me então do sonho, juntei as coisas em minha cabeça e, como eu dispunha de tempo, resolvi: "Eu vou lá."

Fui.

O portão estava trancado, as janelas cerradas. Toquei várias vezes a campainha do interfone: nenhuma resposta.

Eu já ia voltando, e voltando com a cabeça cheia de indagações, quando resolvi ir à casa da vizinha, uma senhora simpática, com quem eu algumas vezes já conversara na calçada.

"O que houve?", fui logo perguntando, depois de cumprimentá-la. "A casa do professor está fechada, ninguém atende..."

"Você não está sabendo?", ela me perguntou.

"Sabendo?...", eu respondi, o coração se apertando.

"O professor morreu", ela disse.

"É?..."

"Você não sabia?"

"Não", eu disse, "não sabia..."

"Ele morreu."

"Quando?...", eu perguntei.

"Ah, já tem uma semana..."

Contei a ela que eu estivera fora aqueles dias, em viagem ao exterior.

"O que foi?", eu quis saber.

"Eles acham que foi o coração."

"Ele tinha problemas", eu disse.

"Ele foi encontrado morto lá no escritório, na mesa dele. Ele morreu sozinho."

"Coitado...", eu disse.

"Se houvesse alguém lá na hora... Mas não havia ninguém. Ele morreu sozinho..."

Ela então contou que um irmão dele — o tal, pensei — viera de outra cidade e tomara as providências necessárias. Contou que ele ficara dois dias na casa, mexendo em tudo. Depois juntara uma papelada e outras coisas mais lá no quintal e ateara fogo.

Entre elas, pensei, certamente a cadernetinha vermelha...

"Foi uma fogueira tão grande", contou ela, "que eu fiquei com medo até de o fogo vir para a minha casa e causar um incêndio."

"Sei..."

"Depois veio um caminhão de mudança e carregou os móveis, os livros... Tudo. Acho que não ficou nada para trás."

Eu sacudi a cabeça.

"Não sei o que ele vai fazer da casa; espero que ele não venha morar aqui. Ele me pareceu uma pessoa muito esquisita, muito diferente do professor."

"É", eu disse, "eu sei..."

"Você o conheceu?", ela se admirou.

"Não", eu disse, "não conheci, mas o professor me falou algumas vezes sobre ele; e não foram boas as coisas que o professor disse..."

"Uma pessoa grosseira", continuou a mulher; "eu ofereci minha ajuda, caso ele precisasse, e você acredita que ele nem respondeu?"

"É?"

"Quer dizer, respondeu, mas com um resmungo."

"Hum..."

"Parecia que ele queria acabar com tudo ali; só faltou ele pôr fogo na casa também."

O Cão Hidrófobo...

"Nós todos aqui, da vizinhança, ficamos muito tristes com a morte do professor", ela disse. "Ele era uma pessoa muito fina, muito gentil..."

"Era", eu concordei.

"E uma grande capacidade", ela completou.

"Sim", eu disse.

"Nós estamos muito tristes..."

Perguntei, com a intenção de fazer uma visita e prestar minha última homenagem, em que cemitério o professor fora enterrado.

"Não", a mulher disse, "ele foi cremado."

"Ah", eu disse, não sem uma pontinha de satisfação, pois, além de não gostar de ir a cemitérios, aquele podia ser um daqueles cemitérios lá no fim do mundo, e aí...

Despedi-me da mulher, agradecendo pela atenção, e fui andando de volta, a caminho da esquina, para pegar um táxi.

Antes, parei de novo em frente ao sobradinho e fiquei algum tempo olhando para ele, lembrando-me de uma porção de coisas.

"Adeus, velho maluco", eu disse então, as lágrimas vindo-me aos olhos.

Sábado, manhã de sol, praia cheia.

Sentados lado a lado na toalha, Luana e eu, ela de biquíni, eu de calção, os dois em silêncio, olhando para o mar.

"Bem", eu disse, "o Machado teve um filho."

"Quem?"

"O Machado de Assis."

"E daí?", ela perguntou.

"Daí?", eu respondi. "Daí nada."

Autor e Obras

Luiz Vilela nasceu em Ituiutaba, Minas Gerais, em 31 de dezembro de 1942, sétimo e último filho de um engenheiro-agrônomo e de uma normalista. Fez o curso primário e o ginasial no Ginásio São José, dos padres estigmatinos.

Criado numa família em que todos liam muito e numa casa onde "havia livros por toda parte", segundo ele conta em entrevista a Edla van Steen (*Viver & Escrever*), era natural que, embora tendo uma infância igual à de qualquer outro menino do interior, ele desde cedo mostrasse interesse pelos livros.

Esse interesse foi só crescendo com o tempo, e um dia, em 1956 — ano em que um meteoro riscou os céus da cidade, deixando um rastro de fumaça —, Luiz Vilela, com 13 anos de idade, começou a escrever e, logo em seguida, a publicar, num jornal de estudantes, *A Voz dos Estudantes*. Aos 14, publicou pela primeira vez um conto, num jornal da cidade, o *Correio do Pontal*.

Aos 15 anos foi para Belo Horizonte, onde fez o curso clássico, no Colégio Marconi, e de onde passou a enviar, semanalmente, uma crônica para o jornal *Folha de Ituiutaba*. Entrou, depois, para a Faculdade de Filosofia, Ciências e Letras, da Universidade de Minas Gerais (U.M.G.), atual Universidade Federal de Minas Gerais (UFMG), formando-se em Filosofia. Publicou contos na "página dos novos" do *Suplemento Dominical* do *Estado de Minas* e ganhou, por duas vezes, um concurso de contos do *Correio de Minas*.

Aos 22, com outros jovens escritores mineiros, criou uma revista só de contos, *Estória*, e logo depois um jornal literário de vanguarda, *Texto*. Essas publicações, que, na falta de apoio financeiro, eram pagas pelos próprios autores, marcaram época, e sua repercussão não só ultrapassou os muros da província, como ainda chegou ao exterior. Nos Estados Unidos, a *Small Press Review* afirmou, na ocasião, que *Estória* era "a melhor publicação literária do continente sul-americano". Vilela criou também, com outros, nesse mesmo período, a *Revista Literária*, da U.M.G.

Em 1967, aos 24 anos, depois de se ver recusado por vários editores, Luiz Vilela publicou, à própria custa, em edição graficamente modesta e de apenas mil exemplares, seu primeiro livro, de contos, *Tremor de Terra*. Mandou-o então para um concurso literário em Brasília, e o livro ganhou o Prêmio Nacional de Ficção, disputado com 250 escritores, entre os quais diversos monstros sagrados da literatura brasileira, como Mário Palmério e Osman Lins. José Condé, que também concorria e estava presente ao anúncio do prêmio, feito no encerramento da Semana Nacional do Escritor, que se realizava todo ano na capital federal, levantou-se, acusou a comissão julgadora de fazer "molecagem" e se retirou da sala. Outro escritor, José Geraldo Vieira, também inconformado com o resultado e que estava tão certo de ganhar o prêmio, que já levara o discurso de agradecimento, perguntou à comissão julgadora se aquele concurso era destinado a "aposentar autores de obra feita e premiar meninos saídos da creche". Comentando mais tarde o acontecimento em seu livro *Situações da Ficção Brasileira*, Fausto Cunha, que fizera parte da comissão julgadora, disse: "Os mais novos empurram implacavelmente os mais velhos para a história ou para o lixo."

Tremor foi, logo a seguir, reeditado por uma editora do Rio, e Luiz Vilela se tornou conhecido em todo o Brasil, sendo saudado como A Revelação Literária do Ano. "A crítica mais consciente não lhe regateou elogios", lembraria depois Assis Brasil, em seu livro *A Nova Literatura*, e Fábio Lucas, em outro livro, *O Caráter Social da Literatura Brasileira*, falaria nos "aplausos incontáveis da crítica" obtidos pelo jovem autor. Aplausos a que se juntaram os de pessoas como o historiador Nelson Werneck Sodré, o biógrafo Raimundo Magalhães Jr. e o humorista Stanislaw Ponte Preta. Coroando a espetacular estreia de Luiz Vilela, o *Jornal do Brasil*, numa reportagem de página dupla, intitulada "Literatura Brasileira no Século XX: Prosa", o escolheu como o mais representativo escritor de sua geração, incluindo-o na galeria dos grandes prosadores brasileiros, iniciada por Machado de Assis.

Em 1968 Vilela mudou-se para São Paulo, para trabalhar como redator e repórter no *Jornal da Tarde*. No mesmo ano, foi premiado no I Concurso Nacional de Contos, do Paraná. Os contos dos vencedores foram reunidos e publicados em livro, com o título de *Os 18 Melhores Contos do Brasil*.

Comentando-o no *Jornal de Letras*, Assis Brasil disse que Luiz Vilela era "a melhor revelação de contista dos últimos anos".

Ainda em 1968, um conto seu, "Por toda a vida", do *Tremor de Terra*, foi traduzido para o alemão e publicado na Alemanha Ocidental, numa antologia de modernos contistas brasileiros, *Moderne Brasilianische Erzähler*. No final do ano, convidado a participar de um programa internacional de escritores, o International Writing Program, em Iowa City, Iowa, Estados Unidos, Vilela viajou para esse país, lá ficando nove meses e concluindo o seu primeiro romance, *Os Novos*. Sobre a sua participação no programa, ele disse, numa entrevista ao *Jornal de Letras*: "Foi ótima, pois, além de uma boa bolsa, eu tinha lá todo o tempo livre, podendo fazer o que quisesse: um regime de vida ideal para um escritor."

Dos Estados Unidos, Vilela foi para a Europa, percorrendo vários países e fixando-se por algum tempo na Espanha, em Barcelona. Seu segundo livro, *No Bar*, de contos, foi publicado no final de 1968. Dele disse Macedo Miranda, no *Jornal do Brasil*: "Ele escreve aquilo que gostaríamos de escrever." No mesmo ano, Vilela foi premiado no II Concurso Nacional de Contos, do Paraná, ocasião em que Antonio Candido, que fazia parte da comissão julgadora, observou sobre ele: "A sua força está no diálogo e, também, na absoluta pureza de sua linguagem."

Voltando ao Brasil, Vilela passou a residir novamente em sua cidade natal, próximo da qual comprou depois um sítio, onde passaria a criar vacas leiteiras. "Gosto muito de vacas", disse, mais tarde, numa entrevista que deu ao *Folhetim*, da *Folha de S.Paulo*. "Não só de vacas: gosto também de cavalos, porcos, galinhas, tudo quanto é bicho, afinal, de borboleta a elefante, passando obviamente por passarinhos, gatos e cachorros. Cachorro, então, nem se fala, e quem conhece meus livros já deve ter notado isso."

Em 1970 o terceiro livro, também de contos, *Tarde da Noite*, e, aos 27 anos, a consagração definitiva como contista. "Um dos grandes contistas brasileiros de todos os tempos", disse Wilson Martins, no *Estado de S. Paulo*. "Exemplos do grande conto brasileiro e universal", disse Hélio Pólvora, no *Jornal do Brasil*. E no *Jornal da Tarde*, em artigo de página inteira, intitulado "Ler Vilela? Indispensável", Leo Gilson Ribeiro dizia, na chamada: "Guimarães, Clarice, Trevisan, Rubem Fonseca. Agora, outro senhor contista: Luiz Vilela."

Em 1971 saiu *Os Novos*. Baseado em sua geração, o livro se passa logo após a Revolução de 64 e teve, por isso, dificuldades para ser publicado, pois o país vivia ainda sob a ditadura militar, e os editores temiam represálias. Publicado, finalmente, por uma pequena editora do Rio, ele recebeu dos mais violentos ataques aos mais exaltados elogios. No *Suplemento Literário do Minas Gerais*, Luís Gonzaga Vieira o chamou de "fogos de artifício", e, no *Correio da Manhã*, Aguinaldo Silva acusou o autor de "pertinaz prisão de ventre mental". Pouco depois, no *Jornal de Letras*, Heraldo Lisboa observava: "Um soco em muita coisa (conceitos e preconceitos), o livro se impõe quase em fúria. (É por isso que o temem?)" E Temístocles Linhares, em *O Estado de S. Paulo*, constatava: "Se não todos, quase todos os problemas das gerações, não só em relação à arte e à cultura, como também em relação à conduta e à vida, estão postos neste livro." Alguns anos depois, Fausto Cunha, no *Jornal do Brasil*, em um número especial do suplemento *Livro*, dedicado aos novos escritores brasileiros, comentou sobre *Os Novos*: "É um romance que, mais dia, menos dia, será descoberto e apreciado em toda a sua força. Sua geração ainda não produziu nenhuma obra como essa, na ficção."

Em 1974 Luiz Vilela ganhou o Prêmio Jabuti, da Câmara Brasileira do Livro, para o melhor livro de contos de 1973, com O *Fim de Tudo*, publicado por uma editora que ele, juntamente com um amigo, fundou em Belo Horizonte, a Editora Liberdade. Carlos Drummond de Andrade leu o livro e escreveu ao autor: "Achei 'A volta do campeão' uma obra-prima."

Em 1978 aparece *Contos Escolhidos*, a primeira de uma dúzia de antologias de seus contos — *Contos, Uma Seleção de Contos, Os Melhores Contos de Luiz Vilela*, etc. —, que, por diferentes editoras, apareceriam nos anos seguintes. Na revista *IstoÉ*, Flávio Moreira da Costa comentou: "Luiz Vilela não é apenas um contista do Estado de Minas Gerais: é um dos melhores ficcionistas de história curta do país. Há muito tempo, muita gente sabe disso."

Em 1979 Vilela publicou, ao longo do ano, três novos livros: *O Choro no Travesseiro*, novela, *Lindas Pernas*, contos, e *O Inferno É Aqui Mesmo*, romance. Sobre o primeiro, disse Duílio Gomes, no *Estado de Minas*: "No gênero novela ele é perfeito, como nos seus contos." Sobre o segundo, disse Manoel Nascimento, na *IstoÉ*: "Agora, depois de *Lindas Pernas* (sua melhor coletânea até o momento), nem os mais céticos continuarão resistindo a admitir sua importância na renovação da prosa brasileira." Quanto ao terceiro, o *Inferno*, escrito com base na sua experiência no *Jornal da Tarde*, ele, assim como acontecera com *Os Novos*, e por motivos semelhantes, causou polêmica. No próprio *Jornal da Tarde*, Leo Gilson Ribeiro disse que o livro não era um romance, e sim "uma vingança pessoal, cheia de chavões". Na entrevista que deu ao *Folhetim*, Vilela, relembrando a polêmica, foi categórico: "Meu livro não é uma vingança contra ninguém nem contra nada. É um romance, sim. Um romance que, como as minhas outras obras de ficção, criei partindo de uma realidade que eu conhecia, no caso o *Jornal da Tarde*." Comentando o livro na revista *Veja*, Renato Pompeu sintetizou a questão nestas palavras: "O livro é importante tanto esteticamente como no nível de documento, e sua leitura é indispensável."

Ituiutaba, uma cidade de porte médio, situada numa das regiões mais ricas do país, o Triângulo Mineiro, sofrera na década de 1970, como outras cidades semelhantes, grandes transformações, o que iria inspirar a Vilela seu terceiro romance, *Entre Amigos*, publicado em 1982 e tão elogiado pela crítica. "*Entre Amigos* é um romance pungente, verdadeiro, muito bem escrito, sobretudo isso", disse Edilberto Coutinho, na revista *Fatos e Fotos*.

Em 1989 saiu *Graça*, seu quarto romance e décimo livro. *Graça* foi escolhido como o "livro do mês" da revista *Playboy*, em sua edição de aniversário. "Uma narração gostosa e envolvente, pontuada por diálogos rápidos e costurada com um fino bom humor", disse, na apresentação dos capítulos publicados, a editora da revista, Eliana Sanches. Na *Folha da Tarde*, depois, Luthero Maynard comentou: "Vilela constrói seus personagens com uma tal consistência psicológica e existencial, que a empatia com o leitor é quase imediata, cimentada pela elegância e extrema fluidez da linguagem, que o colocam entre os mais importantes escritores brasileiros contemporâneos."

No começo de 1990, a convite do governo cubano, Luiz Vilela passou um mês em Cuba, como jurado de literatura brasileira do Premio Casa de las Américas. Em junho, ele foi escolhido como O Melhor da Cultura em Minas Gerais no ano de 1989 pelo jornal *Estado de Minas*, na sua promoção anual "Os Melhores".

No final de 1991 Vilela esteve no México, como convidado do VI Encuentro Internacional de Narrativa, que reuniu escritores de várias partes do mundo para discutir a situação da literatura atual.

Em 1994, no dia 21 de abril, ele foi agraciado pelo governo mineiro com a Medalha da Inconfidência. Logo depois esteve na Alemanha, a convite da Haus der Kulturen der Welt, fazendo leituras públicas de seus escritos em várias cidades. No fim do ano publicou a novela *Te Amo Sobre Todas as Coisas*, a respeito da qual André Seffrin, no *Jornal do Brasil*, escreveu: "Em *Te Amo Sobre Todas as Coisas* encontramos o Luiz Vilela de sempre, no domínio preciso do diálogo, onde é impossível descobrir uma fresta de deslize ou notação menos adequada."

Em 1996 foi publicada na Alemanha, pela Babel Verlag, de Berlim, uma antologia de seus contos, *Frosch im Hals*. "Um autor que pertence à literatura mundial", disse, no prefácio, a tradutora, Ute Hermanns. No final do ano Vilela voltou ao México, como convidado do XI Encuentro Internacional de Narrativa.

Em 2000 um conto seu, "Fazendo a barba", foi incluído na antologia *Os Cem Melhores Contos Brasileiros do Século*, e um curta-metragem, *Françoise*, baseado no seu conto homônimo e dirigido por Rafael Conde, deu a Débora Falabella, no papel principal, o prêmio de melhor atriz na categoria curtas do Festival de Cinema de Gramado. Ainda no mesmo ano, foi publicado o livro *O Diálogo da Compaixão na Obra de Luiz Vilela*, de Wania de Sousa Majadas, primeiro estudo completo de sua obra.

Em 2001 a TV Globo levou ao ar, na série *Brava Gente*, uma adaptação de seu conto "Tarde da noite", sob a direção de Roberto Farias, com Maitê Proença, Daniel Dantas e Lília Cabral.

Em 2002, depois de mais de vinte anos sem publicar um livro de contos, Luiz Vilela lançou *A Cabeça*, livro que teve extraordinária recepção de crítica e de público e foi incluído por vários jornais na lista dos melhores lançamentos do ano. "Os diálogos mais parecidos com a vida que a literatura brasileira já produziu", disse Sérgio Rodrigues, no *Jornal do Brasil*.

Em 2003 *Tremor de Terra* integrou a lista das leituras obrigatórias do vestibular da UFMG. *A Cabeça* foi um dos dez finalistas do I Prêmio Portugal Telecom de Literatura Brasileira e finalista também do Prêmio Jabuti. Vários contos de Vilela foram adaptados pela Rede Minas para o programa *Contos de Minas*. Também a TV Cultura, de São Paulo, adaptou três contos seus, "A cabeça", "Eu estava ali deitado" e "Felicidade", para o programa *Contos da Meia-Noite*, com, respectivamente, os atores Giulia Gam, Matheus Nachtergaele e Paulo César Pereio. E um outro conto, "Rua da amargura", foi adaptado, com o mesmo título, para o cinema, por Rafael Conde, vindo a ganhar o prêmio de melhor curta do Festival de Cinema de Brasília. O cineasta adaptaria depois, em novo curta, um terceiro conto, "A chuva nos telhados antigos", formando com ele a "Trilogia Vilela". Ainda em 2003, o governo mineiro concedeu a Luiz Vilela a Medalha Santos Dumont, Ouro.

Em 2004, numa enquete nacional realizada pelo caderno *Pensar*, do *Correio Braziliense*, entre críticos literários, professores universitários e jornalistas da área cultural, para saber quais "os 15 melhores livros brasileiros dos últimos 15 anos", *A Cabeça* foi um dos escolhidos. No fim do ano a revista *Bravo!*, em sua "Edição 100", fazendo um ranking dos 100 melhores livros de literatura, nacionais e estrangeiros, publicados no Brasil nos últimos oito anos, levando em consideração "a relevância das obras, sua repercussão entre a crítica e o público e sua importância para o desenvolvimento da cultura no país", incluiu *A Cabeça* em 32º lugar.

Em 2005, em um número especial, "100 Livros Essenciais" — "o ranking da literatura brasileira em todos os gêneros e em todos os tempos" —, a *Bravo!* incluiu entre os livros o *Tremor de Terra*, observando que o autor "de lá para cá, tornou-se referência na prosa contemporânea". E a revista acrescentava: "Enquanto alguns autores levam tempo para aprimorar a escrita, Vilela conseguiu esse feito quando tinha apenas 24 anos."

Em 2006 — ano em que Luiz Vilela completou 50 anos de atividade literária — saiu sua novela *Bóris e Dóris*. "Diferentemente dos modernos tagarelas, que esbanjam palavrório (somente para... esbanjar palavrório), Vilela entra em cena para mostrar logo que só quer fazer o que sabe fazer como poucos: contar uma história", escreveu Nelson Vasconcelos, em *O Globo*.

Com o lançamento de *Bóris e Dóris*, a Editora Record, nova casa editorial de Vilela, deu início à publicação de toda a sua obra. Comentando o fato no *Estado de Minas*, disse João Paulo: "Um conjunto de livros que, pela linguagem, virtuosismo do estilo e ética corajosa em enfrentar o avesso da vida, constitui um momento marcante da literatura brasileira contemporânea."

Em 2008 a Fundação Cultural de Ituiutaba criou a Semana Luiz Vilela, com palestras sobre a obra do escritor, exibição de filmes, exposição de fotos, apresentações de teatro, lançamentos de livros, etc., tendo já sido realizadas quatro semanas.

Em 2011 o Concurso de Contos Luiz Vilela, promoção anual da mesma fundação, chegou à 21ª edição, consolidando a sua posição de um dos mais duradouros concursos literários brasileiros e um dos mais concorridos, com participantes de todas as regiões do Brasil e até do exterior.

No final de 2011 Luiz Vilela publicou o romance *Perdição*. Sobre ele disse Hildeberto Barbosa Filho, no jornal A *União*: "É impossível ler essa história e não parar para pensar. Pensar no mistério da vida, nos desconhecidos que somos, nos imponderáveis que cercam os passos de cada um de nós." *Perdição* foi finalista do Prêmio São Paulo de Literatura e do Prêmio Portugal Telecom de Literatura, e recebeu o Prêmio Literário Nacional PEN Clube do Brasil 2012.

Em 2013 saiu *Você Verá*, sua sétima coletânea de contos. Em *O Globo*, José Castello comentou: "Narrativas secas, diretas, sem adjetivos, sem descrições inúteis, sem divagações prolixas, que remexem diretamente no estranho e inconstante coração do homem." *Você Verá* recebeu o Prêmio ABL de Ficção, concedido pela Academia Brasileira de Letras ao melhor livro de ficção publicado no Brasil em 2013, e o 2º lugar na categoria contos do Prêmio Jabuti.

Em 2016, foi lançada a segunda edição de O *Fim de Tudo*. Na *Folha de Londrina*, Marcos Losnak, a propósito do livro, observou: "Há um bom tempo se tornou impossível falar do gênero conto na literatura brasileira sem falar de Luiz Vilela."

Luiz Vilela já foi traduzido para diversas línguas. Seus contos figuram em inúmeras antologias, nacionais e estrangeiras, e numa infinidade de livros didáticos. No todo ou em parte, sua obra tem sido objeto de constantes estudos, aqui e no exterior, e já foi tema de várias dissertações de mestrado e teses de doutorado.

Pai de um filho, Luiz Vilela continua a residir em sua cidade natal, onde se dedica inteiramente à literatura.

Tremor de Terra (contos). Belo Horizonte, edição do autor, 1967. 9ª edição, São Paulo, Publifolha, 2004.

No Bar (contos). Rio de Janeiro, Bloch, 1968. 2ª edição, São Paulo, Ática, 1984.

Tarde da Noite (contos). São Paulo, Vertente, 1970. 5ª edição, São Paulo, Ática, 1999.

Os Novos (romance). Rio de Janeiro, Gernasa, 1971. 2ª edição, Rio de Janeiro, Nova Fronteira, 1984.

O Fim de Tudo (contos). Belo Horizonte, Liberdade, 1973. 2ª edição, Rio de Janeiro, Record, 2016.

Contos Escolhidos. Rio de Janeiro, Francisco Alves, 1978. 2ª edição, Porto Alegre, Mercado Aberto, 1985.

Lindas Pernas (contos). São Paulo, Cultura, 1979.

O Inferno É Aqui Mesmo (romance). São Paulo, Ática, 1979. 3ª edição, São Paulo, Círculo do Livro, 1988.

O Choro no Travesseiro (novela). São Paulo, Cultura, 1979. 9ª edição, São Paulo, Atual, 2000.

Entre Amigos (romance). São Paulo, Ática, 1983.

Uma Seleção de Contos. São Paulo, Nacional, 1986. 2ª edição, reformulada, São Paulo, Nacional, 2002.

Contos. Belo Horizonte, Lê, 1986. 4ª edição, introdução de Miguel Sanches Neto, São Paulo, Scipione, 2010.

Os Melhores Contos de Luiz Vilela. Introdução de Wilson Martins. São Paulo, Global, 1988. 3ª edição, São Paulo, Global, 2001.

O Violino e Outros Contos. São Paulo, Ática, 1989. 7ª edição, São Paulo, Ática, 2007.

Graça (romance). São Paulo, Estação Liberdade, 1989.

Te Amo Sobre Todas as Coisas (novela). Rio de Janeiro, Rocco, 1994.

Contos da Infância e da Adolescência. São Paulo, Ática, 1996. 4ª edição, São Paulo, Ática, 2007.

Boa de Garfo e Outros Contos. São Paulo, Saraiva, 2000. 4ª edição, São Paulo, Saraiva, 2010. 6ª tiragem, 2014.

Sete Histórias (contos). São Paulo, Global, 2000. 3ª edição, São Paulo, Global, 2001. 1ª reimpressão, 2008.

Histórias de Família (contos). Introdução de Augusto Massi. São Paulo, Nova Alexandria, 2001.

Chuva e Outros Contos. São Paulo, Editora do Brasil, 2001.

Histórias de Bichos (contos). São Paulo, Editora do Brasil, 2002.

A Cabeça (contos). São Paulo, Cosac & Naify, 2002. 1ª reimpressão, São Paulo, Cosac & Naify, 2002. 2ª reimpressão, 2012.

Bóris e Dóris (novela). Rio de Janeiro, Record, 2006.

Contos Eróticos. Belo Horizonte, Leitura, 2008.

Sofia e Outros Contos. São Paulo, Saraiva, 2008. 4ª tiragem, 2014.

Amor e Outros Contos. Erechim, RS, Edelbra, 2009.
Três Histórias Fantásticas (contos). Introdução de Sérgio Rodrigues. São Paulo, Scipione, 2009. 2ª edição, São Paulo, SESI-SP editora, 2016.
Perdição (romance). Rio de Janeiro, Record, 2011.
Você Verá (contos). Rio de Janeiro, Record, 2013. 2ª edição, Rio de Janeiro, Record, 2014.
A Feijoada e Outros Contos. São Paulo, SESI-SP editora, 2014.
O Filho de Machado de Assis (novela). Rio de Janeiro, Record, 2016.

Este livro foi composto na tipologia Caecilia LT
Std, em corpo 10/16, e impresso em
papel off-white no Sistema Cameron da
Divisão Gráfica da Distribuidora Record.